내 애인은 유혹에 약하다

내 애인은 유혹에 약하다

한스 옐로우셰크 지음 | 신혜원 옮김

열대림

옮긴이 _ 신혜원

1966년 서울 출생. 이화여대 독어독문학과를 졸업하고 독일 아우구스부르크대학교에서
독어학을 공부했다. 옮긴 책으로 『내 서랍 속의 우주』, 『불가사의한 1000가지 이야기』,
『세기의 자살자들』, 『행운을 가져다주는 마법』, 『사랑을 이루어주는 마법』,
『나를 행복하게 만드는 내 마음의 동화』 등이 있다.

내 애인은 유혹에 약하다

초판 1쇄 인쇄 2003년 12월 10일
초판 1쇄 발행 2003년 12월 15일

지은이 한스 옐로우셰크
옮긴이 신혜원
펴낸이 정차임
펴낸곳 도서출판 열대림
등록 2003년 6월 4일 제 313-2003-202호
주소 서울시 마포구 서교동 361-10번지 201호
전화 02-332-1212
팩스 02-332-2111
이메일 yoldaerim@korea.com
ISBN 89-90989-00-0 03850

서문

이 책에는 그 어떤 학술적인 의도도 결코 들어 있지 않다. 나는 단지 이 책을 통해 20여 년 동안 외도와 삼각관계라는 테마에 대하여 많은 커플들과 만나면서 얻은 실제 경험들을 정리하고 하나의 체계를 세워보려고 시도했을 뿐이다.

나의 아내인 마가레테 코하우스 - 옐로우셰크는 많은 커플들과의 상담과 치료, 그리고 워크숍 등 나의 모든 작업들을 처음부터 함께 진행해 주고 고민해 주고 구상해 주었다. 이 책이 탄생하기까지 매우 중요한 역할을 해준 아내에게 진심으로 고마움의 뜻을 전하고 싶다. 또한 "외도와 삼각관계"라는 테마에 관해 여러 번의 세미나를 함께 개최했던 동료 안겔리카 글리크너에게도 감사의 말을 전한다. 그녀와 함께했던 세미나를 통해 나는 많은 자극과 동기들을 얻을 수 있었다.

끝으로 이 책에 등장하는 세 커플 외에 신뢰를 가지고 상담에 응해준 사람들, 그래서 우리에게 많은 경험과 깨달음을 얻게 해준 많은 남편들과 아내들, 그리고 연인들에게 진심으로 감사의 뜻을 전한다.

이 책은 전문적으로 도움을 주고자 하는 사람들, 동시에 직접적으로 비슷한 상황에 처한 사람들을 위해 쓰여졌다.

1995년 봄, 암머부흐에서
한스 옐로우셰크

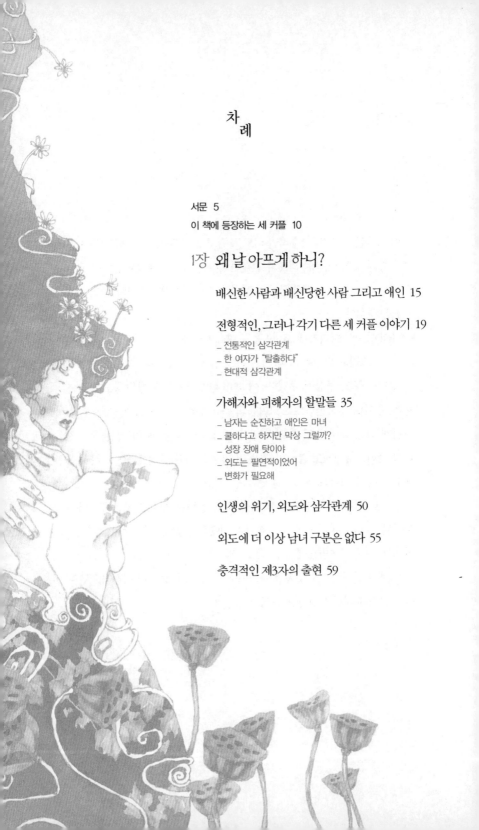

차
례

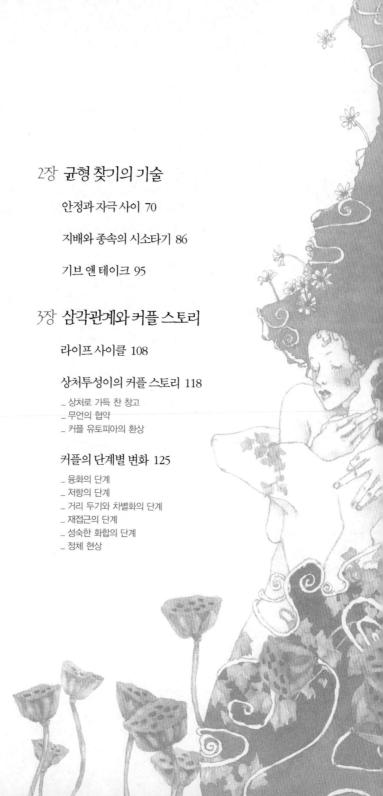

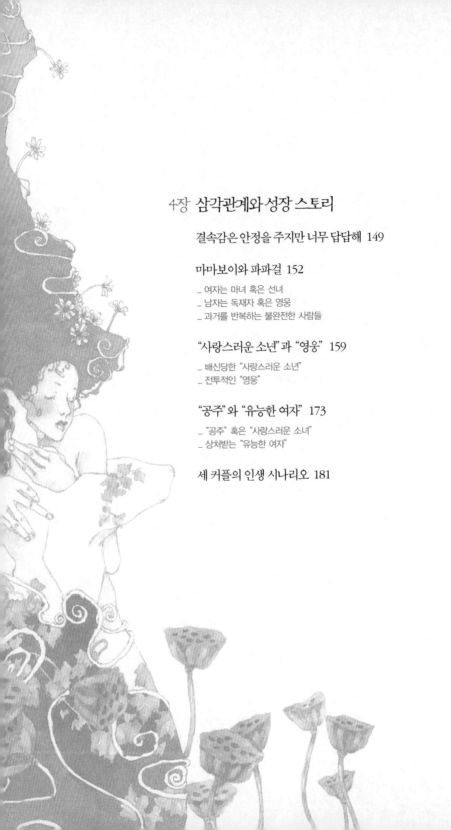

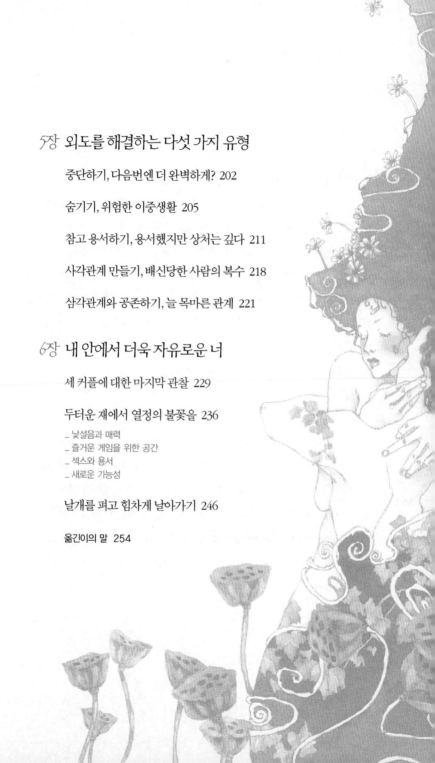

이 책에 등장하는 세 커플

첫번째 커플 _ 테오, 마리아 그리고 릴로 : 전통적인 삼각관계

가장 나이가 많은 커플로, 테오는 50대 중반, 마리아는 50대 초반이다.
테오는 대기업 간부이며 마리아는 교사로 일하다가 육아와 가사에 전념하
기 위해 일을 그만둔 지 오래된 전업주부이다. 겉으로는 평온한 커플이지
만 일중독증인 테오와 집안에서 자신만의 영역을 고집하는 마리아는 서로
에게 점점 더 낯설고 적대적이 되어가는 듯하다. 최근 테오의 회사에 젊고
매력적인 릴로가 입사한 후 테오는 그녀와 사랑에 빠지고 만다. 그리고 얼
마 후 이들에겐 강렬한 감정의 혼란, 죄책감, 헤어지려는 시도, 회복의 시
도 등 본격적인 삼각관계의 드라마가 펼쳐진다.

두 번째 커플 _ 알프, 도로테아 그리고 미하엘 : 한 여자가 "탈출하다"

나이 차가 아주 많은 커플로, 알프는 50대이고 도로테아는 30대이다. 알
프는 이혼남으로 건축가이며 도로테아는 그의 강의를 듣던 제자였다. 부
모의 반대를 무릅쓰고 결혼을 감행하면서 도로테아는 재능을 묻어두고 육
아와 가사에 전념한다. 자아 상실에 대한 불안감 때문에 다시 공부를 시작
하면서 도로테아는 동년배인 미하엘을 만난다. 그들은 또래여서 잘 통했
고 자유로운 사고방식의 그에게 깊이 흔들렸으며, 그 때문에 알프는 극도
의 불안감을 보이기 시작한다.

세 번째 커플 _ 토마스, 리아 그리고 아르민 : 현대적 삼각관계

가장 젊은 커플로 두 사람 모두 33세이다. 대단히 진보적인 역할관과 결혼관을 지니고 있으며 둘 다 직업을 가지고 있다. 공식적으로 결혼할 생각은 없었지만 아이가 생기면서 결혼하게 되었다. 일에 있어서 리아가 성취욕과 더 많은 즐거움을 느꼈기 때문에 토마스가 육아와 가사를 맡는 소위 "신세대 커플"이다. 자상하고 배려 깊지만 리아는 때로는 토마스가 자신의 요구를 강력하게 주장하고 그의 주도로 그녀를 이끌어주기를 바란다. 그러던 중 세미나에서 아르민을 만난 리아. 이제 그들은 더 이상 빠져나올 수 없는 깊은 늪에 빠지기 시작한다.

이들은 모두 외도로 인한 삼각관계에 얽혀 있다는 공통분모를 가지고 있지만, 또 전혀 다른 입장과 사고방식으로 외도와 삼각관계라는 인생의 큰 위기 사건에 맞닥뜨린다. 그들의 문제 해결 방식은 각각 어떤 것이며 그들은 결국 어떻게 되었을까? 이제부터 이들 커플의 스토리와 함께 당신의 자아찾기 여행을 시작해 보자.

1 왜 날 아프게 하니?

배신한 사람과
배신당한 사람
그리고 애인

외도와 삼각관계라는 테마를 집중적으로 다룬다는 것은 사실 많은 어려움이 따르는 일이다. 왜냐하면 내가 들춰내려고 하는 부분은 아무리 자유분방한 사회 분위기가 조성되고 있다고는 해도 역시 아직도 사회적으로 터부시되고 있는 민감한 문제이기 때문이다. 바로 이런 사실에서도 벌써 이 주제에 대한 사람들의 일반적인 생각이 드러난다. 또한 이런 테마와 관련된 모든 개념들은 도덕적으로 왜곡되어 있다. 사람들은 이런 개념들을 가치 절하시키고, 선입견을 갖고 판단하며, 무조건 유죄판결을 내리듯 사용하는 경향이 있다. 그리하여 다분히 인간적이고 심리적인 상황들이 정당하게 평가되지 못하고 있다. 이제부터 당신은 이 책 속에서 이런 문제들과 직접 맞닥뜨리게 될 것이다. 그러기 위해서는 먼저 적절한 단어 사용에 대해 짚고 넘어갈 필요가 있다고 생각한다.

지속적으로 관계를 유지해 온 커플 중에서 한 파트너가 제3의 인물과 깊은, 그러니까 흔히 말하는 성적인 관계를 가졌을 때 그로 인해 형성되는 관계를 "삼각관계"라고 표현하겠다. 이때 그러한 외부적 관계가 비밀로 숨겨져 있는지, 아니면 공개되었는지, 그리고 그런 관계가 파트너의 동의하에 이루어진 것인지, 그렇지 않은 것인지는 내게 그다지 중요하지 않다. 이 점을 의아하게 여기는 사람이 있을지도 모르겠다. 왜냐하면 공개된 삼각관계와 비밀스런 외도의 상황은 엄청난 차이가 있기 때문이다. 그럼에도 불구하고 나는 비밀스런 관계에 대해서도 삼각관계라는 말이 적합한 표현이라고 생각한다.

한 파트너가 외도를 시작하자마자 두 사람의 관계는 근본적으로 큰 변화를 겪는다. 비록 "신의를 지킨" 파트너가 "배신을 한" 파트너의 애인에 대해서 전혀 아는 바가 없다고 해도 자신도 모르게 그 사람과 결부되고, 말하자면 무의식적인 관계를 맺게 되고 결국은 삼각관계가 형성되기 때문이다. 물론 이런 상황을 모든 당사자들이 다 받아들이는 것은 아니어서, 때로는 거부하고 부정하는 경우도 있다. 파트너 중 한 사람이 외도를 시작하는 순간, 그들의 관계는 더 이상 예전의 관계가 아니다. 삼각관계 속에서는 세 사람이 각기 다른 사람에게 영향을 끼치게 마련이다. 새로 시작된 외부 관계는 기존의 커플 관계에 영향을 미치고, 물론 기존의 커플 관계도 외부 관계에 영향을 미친다. 이렇게 해서 세 사람, 예를 들어 남편과 아내, 그리고 애인 사이에, 또는 두 연인과 또다른 애인 사이에 하나의 삼각관계가 성립된다.

이제 삼각관계에 처한 각 개인들에 대한 호칭을 정리해 보겠다. 비록 공식적으로 결혼한 커플이 아니더라도 "남편"과 "아내" 그리고 "애인"이라는 명칭을 사용할 것이다. 외도를 한 사람은 흔히 "배신을 한 사람" 혹은 "기만한 사람" 등으로 불리고, 그 반대의 사람들은 "신의를 지킨 사람" 혹은 "배신당한 사람" 등이 될 것이다. 이런 호칭들 속에는 분명히 도덕적인 평가가 포함되어 있다. 그러나 이 책을 쓰는 나의 기본적인 의도는 최대한 편견 없이 외도가 일어난 상황 속에서 체계적이고 심리적인 연관성들을 찾아내서 알리고자 함이다. 사실 이런 호칭들을 사용하는 일은 지양되어야 하지만 이런 표현을 쓰지 않고는 미묘하고 복잡한 감정들을 모두 담아낼 수가 없다. 따라서 이러한 표현을 사용하되 원래의 뜻을 나타내기 위해 인용부호를 붙였음을 밝혀둔다.

또 이 책에서는 "애인"이라는 호칭이 등장할 때 당사자도 자신의 입장에서 동시에 "남편" 혹은 "아내"일 수 있다는 점은 고려되지 않았다. 나는 외도로 인해 벌어진 사건을, 무엇보다도 제3의 인물로 인해 변화를 겪는 기존의 커플의 관점에서만 보려고 한다. 새롭게 등장한 제3의 인물이 싱글인지 혹은 또다른 고정 파트너가 있는 사람인지는 거의 고려하지 않았다. 물론 이런 점이 어느 정도의 제한성을 가질 수 있지만 관계의 복잡성을 표현 가능하고 추측 가능한 정도로 줄이기 위해서는 감수해야 하는 부분이라고 생각했기 때문이다.

삼각관계에 처한 당사자들은 흔히 어린아이들 혹은 성장기 아이들의 부모인 경우도 자주 있다. 사실 아이들은 삼각관계의 시작과 진행의 과정에서 중요한 역할을 할 수 있다. 아이들과 관련된 상황 속에서 형성되는 관계의 변화는 매우 중요하며 사실 구체적인 해결 방안을 위해 함께 연구되어야 하는 부분이다. 그러나 나는 이 책에서 이런 요소들도 일단은 뒤로 미루어놓았다. 그것은 앞의 이유와 마찬가지로 복잡성을 줄여야 하는 필연성 때문이고, 그 다음으로는 삼각관계란 무엇보다도 커플의 차원에 해당되는 것이지 부모의 차원이 아니기 때문이다. 커플 당사자들이 가장 중시되어야 했다.

이제 이런 여러 가지 개념적인 설명을 했으니 이제부터 가장 전형적이면서도 각기 다른 우리의 세 커플 이야기를 시작해 보자.

전형적인, 그러나
각기 다른 세 커플 이야기

이야기를 시작하면서 우리에게 좋은 예가 되어줄 세 커플을 소개하려 한다. 이들은 내 경험으로 볼 때 가장 전형적이면서도 변형된 형태의 관계를 유지하면서 각기 다른 차이점을 지니고 있다. 이 세 타입의 커플들은 실제 커플들과 나의 연구를 통해 알게 된 여러 삼각관계들을 분석하는 데 토대가 되었다. 물론 나는 다른 유사한 삼각관계들로부터도 많은 자료와 정보를 얻었다. 그렇게 함으로써 "전형적으로 일어날 수 있는 상황"에 대해 좀더 명확한 내용을 알아내고자 했다.

이제부터 소개할 세 커플은 여러 면에서 차이점을 지니고 있다. 테오와 마리아는 가장 나이가 많은 커플로, 테오는 50대 중반, 마리아는

50대 초반이며 남자의 직업으로 볼 때 이 커플은 생활수준이 비교적 높은 편이다. 그러나 이들은 부르카르트와 콜리가 농업직과 노동자 계층의 특징으로 설명했던 전통적인 역할관과 결혼관을 가지고 있다.

리아와 토마스는 가장 젊은 커플로 두 사람 모두 33세이다. 대단히 진보적인 역할관과 결혼관을 지니고 있으며 둘 다 직업을 가지고 있다. 전반적인 인생관으로 보아 이 커플은 선택적 환경에 있다고 말할 수 있다.

마지막으로 이 두 커플의 중간 지점에 알프와 도로테아가 있다. 이들은 나이 차가 아주 많다. 알프는 50대 후반이고 도로테아는 30대 중반이다. 결혼 초기에는 두 사람 모두 전통적인 역할관을 지녔었지만 위기를 겪으면서 서로 극단적인 입장으로 대립하게 되었다. 도로테아는 대단히 진보적인 역할관과 가치관에 토대를 두고 생활하는 반면 알프는 여전히 엄격한 전통적 관계에 대한 기대를 버리지 않고 있다. 알프는 건축가이며 도로테아는 요즘 치료사가 되기 위해 공부하고 있다. 이들은 가장 먼저 인텔리 계층에 분류시킬 수 있는 커플이다.

첫번째 커플 _ 전통적인 삼각관계

테오(55)는 대기업 간부사원으로 경영 엔지니어이다. 마리아(51)는 정규교육을 받은 교사이며 결혼 후 몇 년 동안은 직장생활을 했으나 첫아이가 태어난 후 육아와 가사에 전념하기 위해 일을 그만두었다. 그녀의 두 아들은 그 사이 19세와 23세가 되었다. 첫째 아들은 이미 독립을 했고 둘째는 이제 고등학교 졸업시험을 앞두고 있다. 남편인 테오는 직업적으로 결코 쉽지 않은 길을 걸어왔다. 그는 오늘날의 지위를 얻기 위해 많은 노력을 해왔으며 이제 자신의 위치를 잃을 걱정을 하지 않아도 되는 상황인데도 여전히 투쟁하듯 일하고 있다.

그의 부인은 그의 이러한 소위 "영웅적 투쟁"을 오랜 세월 동안 무조건적으로 뒷받침해 왔다. 지금도 그녀는 늘 헌신적으로 살고 있지만 마음속에는 솔직하게 드러내본 적이 없는 의구심과 분노가 들어 있다. 남편은 항상 바빴기 때문에 아이들이나 집안에 관련된 일은 온전히 그녀의 차지였다. 그것은 그녀의 일종의 반항심 내지는 고집에서 나온 것으로, 아예 남편을 집안일에 참여하지 못하도록 제외시키고 있었다. 남편이 "바깥에서" 자신의 영역을 지배하고 있듯이 그녀는 집이라는 네 기둥 안에서 자신의 영역을 만들었던 것이다. 여기에서만은 그녀가 결정권을 행사할 수 있는 책임자가 될 수 있었다.

테오의 입장에서는 아내의 이런 태도 때문에 때때로 자신이 소외당하거나 무시당하고 있다는 느낌이 들기도 했지만 일단 생활하기에 편리하므로 아무런 표현을 하지 않았다. 결국 외형적으로는 평온함이 감돌고 있는 커플이었다. 여자는 집안일에서 남자를 자유롭게 해주기 위해 자신이 모든 일을 했다. 그 덕분에 일상생활은 경제적인 안정 속에서 큰 마찰 없이 잘 돌아갔다. 그러나 내적으로 그들은 서로 점점 더 낯설고 적대적이 되어 갔다. 소리 없는 힘 겨루기를 통해 상대방에게 자신의 위치를 주장하고 있었던 것이다. 아무도 다른 사람의 간섭을 허용하지 않으려고 했다. 부부간의 성관계는 남편의 욕구 해소로 그치는 경우가 빈번해졌다. 마리아가 냉전 중에 남편에게 한 번이라도 거부의 뜻을 비치면 남편은 바로 기분이 상한 듯 돌아누워서 다시는 적극적인 시도를 하지 않았다.

이처럼 그들 사이에 진정한 육체적 · 정신적 만남은 불가능했다. 게다가 마리아는 아이들이 자신에게서 점점 더 멀어지는 것 같아 괴로워했으며 가정에서 자신의 위치와 남편을 위해 했던 모든 일들에 대해 일종의 절망감을 느끼고 있었다. 왜냐하면 이런 일들이 그녀에게는 유일한 삶의 의미였기 때문이다. 그녀의 나이로 다시 직업을 갖기에는 용기가 부족했다. 그래서 결국 그녀는 자기가 만든 황금 울타리 안에 머물면서 외형적으로는 활발하고 적극적인 것처럼 보이지만 내적으로는 자기 질책과 심한 우울증에 빠져 있었다.

그런데 최근에 테오의 회사에 변화가 생겼다. 옆 부서에 홍보 업무를 담당하는 젊고 매력적인 여직원이 한 명 입사했던 것이다. 테오는 그녀를 회사 내의 파티에서 알게 되었다. 그리고 테오와 릴로는 서로 사랑에 빠졌다. 그 동안 현저하게 줄어들고 시들했던 테오의 섹스에 대한 열정은 마치 홍수처럼 터져나왔다. 섹스에 대한 열정뿐이 아니었다. 그는 그녀를 통해서 그 동안 자신에게 완전히 닫혀 있었던 세계, 즉 아름다움, 즐거움, 문화 그리고 예술로 가득 찬 새로운 세계를 알게 되었다. 그리하여 테오는 일과 직업적인 성공만이 인생의 전부가 아니라는 생각을 조금씩 갖게 되었다. 그에게 릴로는 엄청난 도전이었다. 그리고 릴로에게는 고집 세고 요지부동의 이런 남자와 자연스럽게 대화를 하고, 그에게 질문을 하고, 그와 함께 그의 사고방식에 관해 논쟁하는 일이 매우 매력적으로 여겨졌다. 테오는 나이든 자신에 비해 더 없이 젊고 매력적인 이 여성의 적극성에 감탄했다. 그리고 그녀와의 관계에 푹 빠져들고 말았다.

물론 그는 처음에 이 관계를 비밀로 하려고 했다. 그러나 사랑에 빠진 모습은 당연히 외부로 드러나게 마련이다. 완전히 변한 테오의 분위기 자체가 그런 사실을 말해주고 있었다. 마리아는 그녀가 언제나 원했던 모습으로 변한 테오를 보게 되었다. 그런데 그는 지금 다른 여자를 위해 그리고 다른 여자를 통해 그렇게 변한 것이다. 이 점이 그녀에게 깊은 상처가 되었다. 그녀는 공격적인 분노와 깊은 우울증을 번갈아가며 드러내 보였다. 테오는 당장이라도 애인의 집으로 이사를 가고 싶을 만큼 새로운 관계에 완전히 매료되어 있었지만 아내에게 연민을 가지고 있었다. 그는 자신이 원하는 대로 과감하게 행동에 옮겼을 때 그녀가 스스로에게 어떤 가해행위를 할 것인지 그 점이 두려웠다. 거기다가 아이들에 대한 죄책감과 친구, 이웃 사람들, 주변의 반응도 두려웠다. 그는 릴로와의 관계를 정리해야 한다고 머리로는 생각하고 있었지만 실제로는 결코 그렇게 할 수가 없었다. 내적으로 심한 갈등을 겪고 극도의 긴장감을 느끼면서 아내와 함께 전문 상담가를 찾게 되었다.

테오와 마리아, 릴로는 통계적으로 볼 때 오늘날 가장 흔히 나타나는 "전통적인 삼각관계"를 형성하고 있다. 직업적으로 안정되고 확고한 위치를 굳힌 남자가 직장에 다니지 않고 흔히 교육을 많이 받지 않은 여성과 결혼 생활을 오래했고 성장한 아이들이 있는 경우에 식어버린 기존의 관계에서 벗어나 훨씬 어린 여성과 새로운 관계를 시작한다. 남자는 처음에는 이런 관계를 일시적인 모험으로 여기고 싶어하므로 비밀로 한다. 그러나 이런 관계가 점점 더 진지하고 돌이킬 수 없는 상황이 되어버리면 비밀은 더 이상 지켜질 수 없다. 그리고 강렬한 감정의 혼란, 죄책감, 헤어지려는 시도, 회복의 시도 등 삼각관계의 드라마가 본격적으로 시작된다.

두 번째 커플 _ 한 여자가 "탈출하다"

알프와 도로테아에게서 첫번째로 눈에 띄는 것은 현저한 나이 차다. 알프는 50대 후반이며 도로테아보다 20년 이상 나이가 많다. 알프는 한 번 결혼한 적이 있는 이혼남이었지만 도로테아에게는 알프가 첫번째 남자이다. 그녀는 건축학과에서 강의를 하던 알프의 제자였다. 알프는 그녀가 뛰어난 재능을 가졌다고 생각했고 그래서 가장 아끼는 제자였으며 결국에는 그의 애인이 되었다. 도로테아의 부모는 이들의 결합을 심하게 반대했었다. 독실한 기독교인인 그녀의 부모는 이런 관계가 비도덕적이라고 생각했다. 도로테아는 어려운 상황에 처했다. 그녀는 알프와의 관계에 대해 스스로도 강한 불안감을 가지고 있었지만 그것을 인정할 수는 없었다. 물론 그녀는 부모님의 의견에 못 이기는 척 따를 수도 있었을 것이다. 그러나 무엇보다도 아버지에게만은 그런 모습을 보이고 싶지 않았다. 왜냐하면 그녀는 당시에 한창 아버지로부터 독립의 과정을 힘들게 겪고 있었기 때문이다. 그녀가 부모의 뜻을 따른다면 다시 아버지에게 굴복하는 셈이 되기 때문이다. 그리하여 결국은 재촉하는 알프에게 결혼을 허락했다.

그녀가 이러한 극단적인 방법으로 결혼에 대한 의심과 불안을 극복한 후에는, 아니 기교적으로 비켜간 후에는 이왕 선택한 길을 끝까지 가려고 했으며 아이도 낳고 싶어했다. 이미 이혼한 아내와의 사이에 아이가 있었던 알프는 처음에는 아이 갖는 것을 꺼려했지만 결국은 도로테아에게 설득당했다. 도로테아는 대학을 중단했고 적당한 시기에 아이를 갖게 되었다. 알프는 도로테아의 재능이 아깝다고 생각했지만 그녀는 늘 자신에게 그렇게 대단한 능력이 있다고는 생각하지 않았다.

알프는 그녀가 전공 공부를 계속하도록 재촉했지만 도로테아는 이를 거부했다. 일을 할 때 아이디어와 해결책을 생각해 내는 데 있어서 알프가 언제나 그녀보다 월등히 뛰어났기 때문이다. 그녀는 이 분야에서 계속 일하는 것을 포기했다. 알프는 자신의 어린 아내를 위해 나름대로 많은 노력을 했다. 그러나 도로테아는 시간이 흐르면서 알프가 점점 더 자기 위주로 결정을 내리고 숨이 막힐 정도로 자신을 속박한다고 느꼈다. 알프는 물론 모든 것에 대해 그녀와 함께 이야기할 자세가 되어 있었지만 상대방이 자신의 의견에 찬성할 때까지 내

버려두지 않았다. 그런 다음 그는 자신이 도로테아를 마침내 설득했다고 믿었다. 하지만 실제로는 그녀가 견뎌내지 못했기 때문에 자신도 모르는 사이에 양보를 한 것처럼 되어버렸던 것이다.

아이들이 ─ 그 사이 세 명이 되었는데 ─ 가장 손이 많이 가는 시기를 벗어나자 그녀는 자기 자신을 위해 무엇인가를 해야 한다는 점을 분명히 깨달았다. 자기 자신을 점점 잃어가고 있다는 느낌이 너무도 강해졌으며 그로 인한 불안감 때문에 다시 대학 공부를 시작하기로 마음먹었다. 그러나 알프의 영향력에서 벗어나기 위해 전공을 전혀 다른 분야로 바꾸었다. 알프는 처음에 이러한 새로운 시도와 방향 전환에 대해 강하게 반대했다. 예전에 대학 공부를 포기하고 엄마가 된 것은 그녀가 원하고 선택한 일이었기 때문이므로 이제 그녀는 자신이 선택한 역할에 충실해야 한다고 주장했다. 그러나 알프는 여전히 아내의 능력을 키워주고 싶은 마음이 있었기 때문에 결국 그녀의 생각에 동의하였다.

대학에서 도로테아는 미하엘을 알게 되었다. 그는 그녀와 동년배로서 마찬가지로 늦은 나이에 대학 공부를 시작한 사람이었다. 그는 최근에 이혼을 했고 자기 자신을 찾기 위해 노력하는 중이었다. 이들의 관계는 처음에는 '플라토닉' 관계에 머물러 있었지만 이런 관계만으로도 도로테아는 깊이 흔들렸고 그 때문에 알프는 극도로 불안해했다. 이 시점에서 알프는 도로테아와 함께 커플 상담을 받아보기로 마음먹었다.

도로테아는 미하엘과의 관계에서 분명한 한계를 지키기로 알프와 합의할 준비가 되어 있었다(혹은 준비가 너무 되어 있었던 것일까?). 그리고 알프는 도로테아를 더 많이 자유롭게 풀어주고, 더 많은 자유의 공간을 제공하기 위해 애썼다. 그런데 이런 방법들은 얼마 되지 않아서 근본적인 변화가 없는 일시적인 해결책에 지나지 않음이 드러났다. 미하엘에 대한 도로테아의 감정적 연대감이 그녀의 의지를 능가할 정도로 강렬해진 것이다. 알프는 이런 점을 감지했고 서로간의 굳은 약속에도 불구하고 점점 더 강요적이고 속박적인 남자가 되어 갔다. 그러자 도로테아는 함께 있으면서도 자유로움을 느낄 수 있는 미하엘에 대한 그리움이 점점 더 커지게 되었다. 그러던 어느 날 마침내 올 것이 오고야 말았다. 그녀는 상담 중에 합의한 모든 약속들을 내팽개치고, 자신이 지켜온 선을 넘어서 미하엘과 성관계를 갖게 되었던 것이다.

　이 일은 알프에게 감정의 대혼란을 유발시켰다. 그녀를 이해하기 위해 많은 노력을 했던 그에게 이 일은 대단히 큰 충격이었다. 그는 이런 상황으로부터 자기 자신을 보호하기 위해 도덕적 비난을 수단으로 삼았다. 그는 도로테아를 생각 없는 이기주의자라며 "자기 실현"을 위해 어떤 희생이든 치를 준비가 되어 있는 여자라고 비난했다. 결국 이런 일을 통해 도로테아는 더 이상 견딜 수 없는 코너로 몰리게 되었고, 비록 아이들을 두고 가야 한다는 사실을 알면서도 집에서 나올 결심을 하게 되었다. 그러나 그녀에게는 이런 결정이 아직은 최종적인 헤어짐을 의미하지는 않았다. 그녀는 마지막 올바른 결정을 위해 상담을 통해 계속해서 알프와의 상황을 설명하고 해결하려고 했다. 그러나 알프는 이 시점에서 상담을 포기하고 헤어짐을 최종적인 선택으로 받아들였다.

이 커플의 경우에서 "전통적인 삼각관계"와 구별되는 점은 무엇보다도 기존의 관계를 박차고 나온 사람이 여성이라는 사실이다. 알프와 도로테아, 그리고 미하엘 사이의 관계는 내가 보기에 오늘날의 현실이 반영된 전형적인 사례이다. "배신을 한 사람"이 여성인 경우는 몇십 년 전만 해도 생각하기 어려운 일이었다. 왜냐하면 "외도"는 그 행위자가 여성인지 남성인지에 따라 도덕적으로 확실히 다른 평가를 받기 때문이다. 남성에게는 이런 외도가 용서받을 수 있는 실수에 불과하지만, 여성에게는 용서받을 수 없는 죄악이 된다. 이런 경향이 이제는 완전히 달라졌다는 것을 도로테아의 경우에서 잘 확인할 수 있다. 그럼에도 불구하고 아직도 구시대적인 평가가 모든 당사자들에게 깊이 뿌리박혀 있는 것처럼 보인다.

도로테아의 가출은 알프로 하여금 ─ 그가 만났던 소위 운명적 반려자들에게 그랬듯이 ─ 과거의 오래된 사고와 판단 기준을 다시금 활발히 작동하게 만들었다. 그의 시각에서 도로테아는 엄마로서 함께 낳은 아이들에 대한 의무를 저버렸을 뿐 아니라, 완전히 무책임하고 신중하지 못한 방식으로 극도의 이기적인 길을 가는 여자로 보였다. 이런 시각 때문에 그는, 아내가 외도를 한 대부분의 남성들의 경우가 그렇듯, 벌어진 사건에서 서로의 관계 개선을 위한 좀더 교훈적인 내용을 이끌어내지 못하고 있었다.

비록 극단적이기는 하지만 도로테아의 상황은 여성들의 현실이 반영된 전형적인 특성을 보이고 있다. 그녀는 결혼과 출산 전에 직업적인 정체성을 확립할 기회를 놓쳤다. 자신의 일을 위해 첫발자국조차 떼지 못하고 엄마와 주부로서의 역할을 시작한 여성들은 오늘날 거의 필연적으로 실존적인 자아 찾기의 위기를 겪게 된다. 그리고 자신의 삶이 처해 있는 상황을 극단적으로 변화시키기 위한 시도로 외도를 감행하는 경우가 적지 않다.

세 번째 커플 _ 현대적 삼각관계

리아와 토마스는 ― 두 사람 모두 33세 ― 5년 전부터 커플이 되었다. 이들은 처음에 공식적으로 결혼을 할 의사는 없었지만 두 사람 모두가 원했기 때문에 네 살짜리 아들을 갖게 되었고 결혼도 하게 되었다. 리아는 치료체조 강사이며 작지만 잘 운영되는 실습실을 소유하고 있다. 그것이 바로 토마스가 마약상담소에서 해온 사회활동가로서의 직업을 파트타임으로 줄인 이유이기도 하다. 두 사람은 가사와 육아를 누군가 맡기를 원했고 리아가 토마스보다는 현재의 일에 더 많은 즐거움을 느꼈기 때문에 토마스가 육아와 가사를 맡는 해결책을 선택했다. 이런 결정은 그들의 확신과도 상응되었다. 두 사람은 구시대적인 역할상이나 책임 분담을 떠나서 좀더 새로운 방식의 삶이 실현되기를 원했다. 토마스는 "신남성"이 되기를 원했고, 능력과 적극성을 가지고 아이와 가사를 돌보았다. 그는 아내의 능력에 감탄하고, 그녀가 지쳐서 집으로 돌아오면 기꺼이 그녀를 쉬게 해주는 자상하고 배려 있는 남편이자 아빠였다.

리아도 처음에는 이런 상황을 즐기고 편안하게 느꼈다. 그러나 얼마 전부터 그녀는 단순히 보살핌만을 받는 것에 불만을 갖게 되었다. 그녀는 토마스가 자신을 일상적인 쳇바퀴에서 한번쯤 벗어나게 해주고, 그녀와 함께 새로운 일을 시도할 수 있기를 원했다. 또한 침대에서도 더 적극적이고 창의적으로 표현해 주기를 바랐다. 토마스는 자상하고, 배려 깊고, 그래서 여자를 편하게 해주지만 리아에게 지금 필요한 것은 토마스가 때로는 그녀의 분노를 무시하고 자신의 요구를 강력하게 주장하고 그의 주도로 그녀를 이끌어주는 일이다.

토마스에 대한 불만이 조금씩 쌓여가던 리아는 한 연수 프로그램의 세미나에서 그녀보다 나이가 조금 많은 아르민을 알게 되었다. 그는 당당하고 자신 있게 그녀에게 다가왔고 그녀는 이런 그의 성격에 압도당했다. 결국 그녀는 확실한 결정을 내리지도 못한 채 그와 성관계를 맺게 되었다. 리아는 그와의 잠자리에서 전혀 다른 섹스를 경험했다. 그녀는 아르민의 품안에서 비로소 처음으로 여자로서의 자신을 알게 된 것 같았다. 그러나 그녀는 엄청난 딜레마에 빠지고 말았다. 그녀로서는 토마스보다 더 이상적인 남편이란 상상할 수 없었기 때문이다. 아르민은 결코 그녀의 파트너로는 상상할 수도 없고 마초 같은 특성 때문에 그녀의 이상형과도 맞지 않을 인물이었다. 그런데도 리아는 이런 그와 함께 있으면서 토마스와는 결코 꿈도 꾸어보지 못한 새로운 경험을 했던 것이다.

리아와 토마스는 처음에 사생활에 대한 "완전한 공개"를 약속했었다. 이들이 처음부터 다른 사람과 관계를 가지면 안 된다는 약속을 한 것은 없었다. 그러나 만약 "그런 일이 생기면" 서로 솔직하게 이야기하고 공개적으로 의논하기로 했었다. 때문에 리아는 매우 어려운 일이었지만 토마스에게 벌어진 일에 대해 솔직하게 이야기했다. 하지만 토마스는 그녀의 솔직함을 제대로 참아내지 못했다. 그는 소리 지르고 마치 버려진 아이처럼 하루 종일 눈물을 흘렸다.

리아에게는 이런 그의 반응이 충격적이었다. 왜냐하면 이런 반응은 두 사람이 합의했던 이해와 너그러움과는 맞지 않는 것이기 때문이었다. 그녀는 심각한 죄책감을 느꼈고 아르민과의 관계를 즉시 정리하겠다고 약속했다. 문제는 연수 프로그램이 몇 강좌 이상 계속되었기 때문에 리아가 아르민을 계속 보게 되었다는 점이다. 그리하여 다음 강좌에서도 똑같은 상황이 반복되었다. 리아는 다시 아르민과 잠자리를 같이했다. 아르민은 거리를 두려는 리아의 시도를 무시했고 리아는 그런 그를 거부하지 못했기 때문이다

리아가 이런 "재범"을 저지른 후에는 결코 예전처럼 토마스에게 다시 진실을 이야기하지는 못했다. 그런 일이 두 사람의 약속과 확신에 위배되는 행동이라고 해도 말이다. 그녀는 토마스에게 아르민과

의 관계는 단지 동료간의 우정일 뿐이라고 거짓말을 했지만 실제로
는 계속해서 관계를 유지하고 있었다. 그러나 그녀에게 즐거움과 열
정을 가르쳐준 이런 비밀스러운 관계가 토마스와의 관계에 반드시
나쁜 영향을 끼친 것만은 아니었다. 이런 경험이 오히려 이들의 섹스
에 많은 도움이 되었다. 토마스는 소위 "경쟁자"의 등장으로 정
신이 번쩍 들었고 갑자기 그는 전에 없이 능동적이고 창의적
이 되었으며 그들의 관계는 어느 때보다도 생동감이 넘쳤다.

리아는 한편으로 토마스가 아르민과 자신의 관계가 어떻게 정리
되었는지 아예 알기를 원하지 않는다는 인상을 받았다. 그는 이런 상
황에 대해 물어보는 것을 조심스럽게 피하고 있었다. 아르민이라는
인물과 관련된 주제를 일단은 뒤로 미루어놓은 셈이다. 물론 이런 모
든 정황이 일시적으로는 리아를 안심시켰다. 하지만 이중 연극이 길
어지면 길어질수록 그녀는 더 많은 양심의 가책을 느꼈고 관계를 분
명하게 정리해야겠다는 생각이 더욱 절실해졌다. 이런 마음을 먹은
상황에서 그녀는 삼각관계라는 테마로 진행되는 세미나에 참가하
게 되었다. 그리고 여기서 나는 그녀의 이런 모든 이야기를 접하게
되었다.

토마스, 리아, 그리고 아르민의 경우는 "전통적인 삼각관계"와는
구별되게 전형적인 현대의 혹은 포스트모던적인 삼각관계라고 할
수 있다. 이 커플은 선택적이고 진보적인 이상을 가지고 있다. 그들
이 공식적으로 결혼한 것은 단지 아이 때문이었고 아이가 아니었다

면 그들은 결혼의 필요성을 전혀 느끼지 않았을 것이다. 이들은 또한 부부로서의 정조 개념을 적어도 기본적인 의무 사항으로 넣는 일은 포기하였다. 그들은 파트너가 외도를 할 수도 있고, 어떤 면에서는 틀림없이 그런 일이 벌어질 것임을 계산하고 있었다. 이들은 어떤 경우에도 서로에게 솔직하기로 약속했고 심각한 상황이 되면 서로 이해심과 관용을 가지고 함께 대화하기로 합의했다. 이론적으로만 보자면 이런 형태의 관계는 "기한부 커플"이라고 말할 수 있다. 그러나 그들의 진보적인 사고방식에도 불구하고 막상 사건이 벌어지자 토마스는 완전히 균형을 잃어버렸고 리아는 자신이 토마스에게 큰 잘못을 했다는 죄책감을 느꼈다. 그렇게 해서 두 사람의 관계는 악화되었고 지금까지 그들의 전반적인 사고나 이상과는 맞지 않는 극복의 수단들을 동원하게 되었다. 토마스는 고개를 돌리고 그녀를 밀어붙였으며 리아는 비밀이 생겼고 그를 속이기 시작했다. 이렇게 그들은 더 이상 빠져나올 수 없는 깊은 늪에 빠지고 말았다.

여기서 설명한 외도로 인한 세 가지 형태의 삼각관계는 앞으로 책의 마지막까지 우리와 동행하게 될 것이다. 내가 이론적인 견해와 더불어 실질적인 힌트를 알려주고자 할 때 이 세 가지 사례들이 구체적인 설명에 도움이 될 것이다. 이런 사례들을 소개하는 나의 의도는 두 가지다. 먼저 사례들의 차이점을 통해서 상황의 다양성을 구체적으로 보여주고자 함이다. 그리고 이 세 사례들로 전형적인 삼각관계의 타입들을 구분함으로써 이런 테마가 지나치게 단순화되지 않으면서 어느 정도의 일목요연함과 방향성을 갖도록 하기 위함이다.

가해자와
피해자의
할말들

마리아와 테오, 도로테아와 알프, 그리고 리아와 토마스
세 커플은 한 가지 공통점을 가지고 있다. 한 사람의 외도가 커플 전
체를 심각한 위기로 몰아넣었다는 점이다. 그런데 위기를 극복하려
는 모든 시도는 당사자들이 위기를 유발한 인생의 사건을 어떤 방식
으로든 "표현"하는 것으로 시작된다. 결국 외도라는 사건은 "그 자
체로" 객관적으로 존재하는 것이 아니라 당사자들 각자가 특정한 방
식으로 표현하고 설명하는 대로 존재하게 된다. 이런 사건이 설명되
고 표현되는 방식은 극복의 과정을 위해 매우 중요한 과정이다. 왜냐
하면 각자의 표현 방식이란 벌어진 사건에 대한 특정한 견해와 해석
을 반영하기 때문이다.

남자는 순진하고 애인은 마녀

도덕적인 면을 강조하는 표현은 책임 부여와 함께 이루어진다. 당사자들에게는 각기 가해자와 피해자의 역할이 주어진다. 피해자는 언제나 "배신을 당한 사람"이 되고 이와 더불어 아무런 죄가 없으면서 대단히 부당한 일을 당한 사람으로 표현된다. 한편 가해자의 역할이 주어지는 사람은 상황에 따라 다를 수 있다. 경우에 따라서는 "배신을 한 사람"과 그의 애인이 함께 가해자가 되는 경우가 있고, 정도의 차이는 있지만 오로지 파트너의 애인만을 가해자로 보는 경우가 있다. 특히 "전통적인 삼각관계"에서는 이런 경우에 대한 전형적인 상황이 벌어진다. 곧 젊은 여성이 성실한 아내로부터 남편을 빼앗은 가증스러운 유혹자가 된다. 남자는 사랑이라는 측면에서는 오히려 순진한 사람으로, 그리고 성적인 측면에서는 "유약한" 사람으로 표현된다. 이런 특성은 남자의 본성 자체가 그렇기 때문이라고 여긴다. 결국 유혹을 한 여자가 남자의 유약함을 악용했다는 것이다. 그리하여 남자도 역시 전반적인 상황에서 보면 피해자가 된다. 이런 방식의 표현은 많은 장점을 지니고 있다. 우선 남편과 아내를 이어주는 선이 끊어지는 것을 막아준다. 두 사람은 모두 남자를 유혹한 사악한 한 여자의 희생자가 된다. 아내는 연약하고 순진한 남편을 이해할 수 있고 암묵적으로 그가 얼마나 능력 있는지에 대해 자랑스러워하기까지 한다. 그리하여 파트너의 외도를 이렇게 표현하는 방식은 부부의 관계를 효과적으로 유지시켜 준다. 한 가지 맹점은 모든 죄를 파트너의 애인에게 전가시키는 대가를 치르게 된다는 것이다. 애인은 마치 아라비아 시대에 누군가에게 죄를 뒤집어씌워 사막에서 사냥감이 되게 했던 속죄양과 같은 존재가 되는 셈이다.

파트너의 외도를 도덕적인 측면을 강조하여 표현하는 것은 언제나 삼각관계 이전의 상태를 다시 회복하려는 목적을 담고 있다. 유혹한 사람은 사라져야 하고, 유혹당했던 사람은 돌아와야 한다는 의지가 들어 있다. 그러나 이런 표현 방식에는 위기적인 인생의 사건을 기존의 커플 관계 안에서 융화시킴으로써 관계를 발전시키는 의미의 위기 극복은 배제되어 있다. 다시 말하면 이런 표현 방식은 위기적인 사건을 아예 처음부터 일어나지 않았던 것으로 만들려는 시도를 담고 있는 것이다. 전통적인 역할관에서 벗어나지 못하는 커플들이나 파트너들이 이런 표현 방식을 취하는 경향이 있다. 여기에는 또한 도덕관과 가치관을 토대로 형성된 부부의 정조에 대한 욕구가 기본적으로 포함되어 있다. 우리는 도덕적 측면을 강조하는 표현 방식을 첫번째 사례인 테오와 마리아의 경우와 두 번째 사례인 알프와 도로테아의 경우에서 발견할 수 있다.

이 두 사례에서도 서로 다른 점이 있다. 우선 마리아와 알프는 각각 "배신을 당한 사람"들이다. 즉 이들은 삼각관계에서 특히 더 힘겨운 상황에 처해 있다는 뜻이다. 때문에 이들은 일반적으로 도덕적 측면을 강조하는 표현 방식을 선택한다. 비록 이런 표현 방식이 그들이 평소에 이론적으로 주장해 온 관계 형태와 전혀 맞지 않음에도 불구

하고 말이다. 마리아는 "배신을 당한" 전형적인 아내의 모습을 하고
있다. 그녀는 수십 년 동안 자기 자신을 희생했고 자신의 인생을 바
쳤으며 직업적인 꿈을 포기했다. 그녀는 남편인 테오를 위해 언제나
그의 뒤에서 자리를 지켜왔다. 그런데 그녀가 자신의 임무를 다하고
빈손으로 서 있게 된 지금 테오는 다른 여자와 관계를 가짐으로써 그
녀를 "배신" 했다! 이런 표현 방식은 그녀가 지금 당한 부당한 일을
도덕과 기독교적 가치관의 힘을 빌려 탄핵할 수 있는 가능성을 제공
한다. 그럼으로써 마리아는 희생당한 피해자의 입장으로 최소한 깊
은 상처로부터 자신을 보호할 수 있다.

한편 알프 역시 전형적으로 "배신을 당한 남편" 의 모습을 하고 있
다. 그는 도로테아를 형편없는 엄마, 이기주의자, 남을 전혀 생각하
지 않고 자기 실현에만 도취된 사람으로 비난함으로써 그녀의 외도
때문에 입은 자신의 상처를 보상받으려고 한다. 그가 끝까지 자존심
을 간직하는 데도 도덕적인 측면을 강조하는 표현 방식은 어느 정도
도움을 준다. 파트너의 "외도"가 가져온 상처가 깊을수록, 그리고
"배신을 당한 사람"에게 준 충격이 클수록, 그래서 더 깊은 절망과
좌절에 빠지게 될수록 당사자들에게는 도덕적 측면을 강조하는 표
현 방식이 더 중요하고 효과적일 수 있다. 적어도 도덕이란 잣대를
자기편으로 만들 수 있는 사람은 완벽하게 혼자라고 느낄 만큼 그렇
게 비참하게 외롭지는 않을 것이다. 도덕적 측면을 강조하는 표현 방
식이 가진 이러한 안정적 기능은 배신당한 사람을 대할.때 유의해야

할 점이기도 하다. 이런 기능은 자아를 보호하는 효과는 있지만 당사자들이 사건에서 자신의 잘못과 발전의 가능성을 찾아내는 것을 방해한다. 이런 측면은 특히 알프의 경우에 두드러지는데, 그는 점점 더 자기 정당성 속에서 마음이 굳어져 갔다. 이와 달리 마리아는 도덕적인 측면을 강조하는 표현 방식을 포기하고 마침내 사건을 자기 발전의 기회로 받아들이는 일을 해냈다.

그러나 나는 "배신을 당한 사람"들의 자기 보호 본능이, 도덕적인 측면을 강조하는 표현 방식에 대한 완전하고 충분한 해명이라고는 생각하지 않는다. 사실 요즘에는 도덕과 관련된 가치관적 배경이 훨씬 느슨해졌지 않은가. 좀 더 절실한 동기가 있을 것이다. "외도"를 한 사람은 어떤 상황에서든 반드시 언급되는 중요한 경험을 하게 된다. 바로 죄책감의 경험이다. "외도"를 한 사람은 기존의 관계 질서를 깨뜨렸기 때문에 스스로 죄책감을 느낀다. 그리고 파트너의 애인은 이미 존재하는 관계에 끼여들었기 때문에 역시 죄책감을 느낀다. 두 사람은 자신들의 행동에 대해 얼마든지 많은 현대적 해명과 변명을 끌어들일 수 있음에도 불구하고 배반을 했다는 점에서 죄의식을 느낀다. 여기서 말하는 죄의식이란 어떤 종류의 것일까?

나는 이런 의문에 대해 특히 눈에 띄는 두 가지 해석을 발견했다. 로즈마리 벨터-앤더린은, 모든 외도는 비록 그것이 절망적인 상황에서 생긴 것이라 할지라도 커플이 처음 서로 사귈 때 충만했던 "커플 유토피아"를 무너뜨린 요인으로 표현된다고 했다. 외도가 이런 유토피아를 파괴했고 또한 — 아마도 최종적으로 — 그것이 환상에 지나지 않는다고 평가되게 했다는 뜻이다. 어쩌면 이런 상황이 심지어 필연적인 과정이라고 해도 외도를 한 사람은 스스로 죄책감을 느낀다. 왜냐하면 그는 지금까지 존재했던 커플의 소중한 기반을 파괴했기 때문이다.

두 번째 해석은 베르트 헬링거의 의견이다. 그에 따르면 인간 관계에는 특정한 질서가 있으며, 관계를 맺고 있는 파트너들의 의식에는 이러한 "사랑의 질서"가 반영된다는 것이다. 외도에 의해 이런 질서가 파괴되면 당사자의 의식이 죄의식이라는 감정으로 반응을 하게 된다. 헬링거에 따르면 경우에 따라서는 규칙을 무시하고 질서에 대항하는 일이 필연적일 수도 있다는 것이다. 그럼에도 불구하고 하나의 체계 안에는 일종의 평형감각과 같은 의식이 지배하고 있으므로 죄책감에 의해 균형이 깨지면 위험 신호가 울리게 된다.

외도와 관련하여 죄책감을 경험하는 것은 단순히 기독교적·도덕적 가치관에 근거한 교육 때문이라기보다는 훨씬 더 심오한 다른 이유들이 있다. 때문에 우리가 외도를 다룰 때 이런 점을 진지하게 생각해 보고 경우에 따라서 나타날 수 있는 축소 왜곡의 경향에 대해 알아보는 것도 중요하리라 생각한다.

쿨하다고 하지만 막상 그럴까?

축소 왜곡하는 표현 방식은 도덕적인 측면을 강조하는 표현에 대한 반작용으로 이해하면 될 것이다. 이런 표현 방식은 남녀간의 사랑에서 정조에 대한 요구를 소위 부자연스러운 것으로 여기고 거부한다. 이런 표현 방식을 찬성하는 주장을 살펴보면 "자기 자신에 대한 신의"가 "다른 사람에 대한 신의"보다 뚜렷하게 우위를 차지한다. "지금 여기서"의 성적인 관계가 감정에 충실한 것이라면 이런 관계도 인정되어야 한다는 것이다. "배신을 당한 사람"이 어떤 상태인지, "배신"이란 것이 그를 어떻게 했는지 등의 문제는 온전히 그의 문제일 뿐이다. 벌어진 일을 정리하고 수습하는 일은 당사자가 해야 할 일로 남겨진다. 이러한 태도는 부르카르트와 콜리가 말하는 선택적 수준에서 나타나는 "기한부 사랑"의 전형적인 모습이다.

이런 관점에서 삼각관계를 설명하다 보면 극복의 전략이란 결국 헤어짐이 아니면 묵인, 혹은 심지어 공개적으로 유지되는 삼각관계의 시도라는 세 가지뿐이다. 헤어지는 경우라면 "배신을 한 사람"이 애인과 함께 또 하나의 새로운 "기한부 커플"이 된다는 것을 의미한다. 만약 아이로 인해 문제가 생긴다면 커플과 부모의 차원을 엄격히 분리함으로써 해결하려고 한다. 부모는 다른 파트너와 함께 살게 되더라도 아이에 대한 책임은 계속적으로 져야 하는 것이다.

묵인을 하는 경우는 자신 또는 파트너의 외도를 일반적인 일로 받아들이는 것이다. 이런 경우에 혹시 생길 수 있는 어려운 점이나 문제점들을 그들은 지나친 소유욕으로 간주하고 스스로 이런 생각에서 벗어나고 소화해 내려고 노력한다.

축소 왜곡하는 표현 방식에서 나올 수 있는 세 번째 가능성은 공개적으로 삼각관계를 유지하려는 시도이다. 부부가 상대방의 애인을 알고 있고, 연락을 하기도 하며, 심지어는 셋이 한 지붕 아래에 사는 일도 있다. 이런 구조의 문제점에 대해서는 후에 설명하기로 하겠다.

우리의 사례들 중에서는 리아와 토마스의 가치관이 — 어찌되었든 이론적으로는 — "축소 왜곡하는 표현 방식"에 가장 근접하다. 이 두 사람은 처음부터 신의나 정조를 포기하였으며 혹여 삼각관계에 얽히게 되더라도 솔직하게 함께 해결하기로 합의하였다. 하지만 이런 약속이 실제로는 지켜지지 못했다. 상황을 축소 왜곡하는 커플들에게 이런 점은 흔히 나타나고 있다. 그들이 시도한 극복의 전략들이 결국에는 당사자들을 너무 힘들게 하고 그래서 돌연 도덕적 측면을 중시하는 입장으로 변질되는 경우가 자주 있다.

축소 왜곡하는 표현 방식은 형식적인 도덕으로부터 자유로워지려는 의도를 지니고 있다. 그러나 이런 방식을 선택하는 사람들도 외도라는 사건이 당사자에게 부여하는 경악과 충격을 쉽게 이겨 내지 못한다. 이런 방식은 위기적인 인생의 사건에서 위기적인 특성을 제거해 보려는 시도라고 할 수 있지만 이 시도는 결코 성공할 수 없다. 왜냐하면 심리적인 측면에서 사람들은 이론과는 전혀 다른 경험을 하게 되기 때문이다.

성장 장애 탓이야

병리학적으로 표현하는 방식은 삼각관계의 발생을 한 사람 혹은 여러 사람의 정신적인 성장 장애의 탓으로 보는 시각이다. 남자 파트너의 애인이 된 여성을 예로 들자면 이런 여성은 비정상적인 성장기의 경험 때문에 한 남자와 지속적인 관계를 유지할 능력이 없고, 고정적인 관계에 대해 부담이 없는 기혼 남성들을 선호한다고 본다. 또는 "배신을 한" 남편은 성장기에 겪었던 어머니와의 문제 때문에 강한 여성에 대해 두려움을 갖게 되었고, 그래서 새로운 여자를 통해 자신을 남자로 느끼기 위해 늘 어리고 순진한 여성을 원한다고 평가한다. 물론 이런 문제들이 삼각관계에서 부분적으로 한 가지 역할을 할 수 있다는 것에는 의심할 여지가 없다. 후에 우리는 이 점에 대해 보다 자세하게 알아볼 것이다.

이 방식의 표현 속에는 어떤 의도가 숨어 있다. 곧 대부분의 경우 병리학과 관련되는 대상은 파트너의 애인 내지는 "배신을 한 사람"이다. 이들의 심리적인 장애가 배신행위의 원인이 되었다고 단정하는 것이다. 이러한 방식의 표현은 그저 도덕적 측면을 강조하는 표현 방식이 현대적·심리분석적으로 변형된 것에 불과하다는 것을 어렵지 않게 이해할 수 있다. 이런 표현 방식은 또한 대부분 "배신을 당한 사람"과 그와 연대된 사람들 ― 의사, 상담자, 친구들 ― 에 의해 이용된다. 그리하여 이런 방식이 위로를 주고 "배신당한 사람"의 망가진 자기 가치 의식을 새로이 형성하는 데는 도움이 될 수 있다. 단 삼각관계 안의 다른 두 사람을 직접적으로 악한 존재는 아니지만 비정상적이고 심리적으로 장애가 있는 존재로 만드는 대가가 따른다. 여기서도 "배신을 당한 사람" 역시 외도와 관련하여 부분적인 역할을 할 수 있다는 점은 도덕적 측면을 강조하는 표현 방식에서와 마찬가지로 완전히 배제되고 있다. 삼각관계란 오히려 청천벽력 같은 억울한 운명으로 이해된다. 그러므로 "배신을 한 사람"은 더 이상 외도를 할 필요가 없도록 치료를 받아야 한다. 그러나 대부분의 경우 당사자는 이런 결정을 거부하는데 그것은 치료 과정 자체가 죄를 자신에게 돌리는 것임을 감지하기 때문이다.

나의 경험에 따르면 병리학적인 표현 방식을 선택하는 사람들은 주로 인텔리 계층의 커플들이다. 그래서 이들은 대중화된 심층심리학을 활용하고 어떤 희생자가 생기든 상관없이 학문의 도움과 결탁하면서 자신을 포함한 모든 당사자들이 현재의 상황에 한몫을 했다는 관점을 무시한다.

물론 당사자들이 어린 시절 성장 가정에서 체험했던 인간 관계가 삼각관계의 발생에 언제나 큰 역할을 하고 있다는 점은 분명하다. 그러나 이 점이 유일한, 다시 말해서 단 하나의 원인으로 간주되어서는 안 되며 과거가 "배신을 한 사람"에게 짐이 되어서는 안 된다. 이 주제는 4장에서 자세히 다룰 것이다.

외도는 필연적이었어

여기서는 단 하나의 유일한 원인에 대한 관련성이 거부된다. 곧 삼각관계의 발생은 한 사람의 비도덕이나 심리적 결손에 의한 것이 아니라 세 사람 모두와 관련이 있다고 보는 시각이다. 그러므로 외도에 대해 하나의 원인에 특정한 의미를 둠으로써 도덕적으로 혹은 심리학적으로 속죄양을 만드는 일은 피할 수 있다. 이 방식의 표현은 대략 다음과 같이 이루어진다.

커플인 A와 B 중 한 사람이 외도를 한다면 이것은 위기에 처한 그들의 관계에서 균형을 다시 찾기 위해 제3의 인물인 C를 필요로 하는 상태에 있는 것으로 본다. 예를 들어 아내는 남편의 억압적인 태도에 대해 섹스 거부라는 방식으로 반응을 보인다. 섹스의 거부는 관계 안에서 감추어진 혹은 내면적인 거리감을 만드는 효과가 있다. 그러나 두 사람 모두 헤어지는 것을 두려워하고 있고 실제로 헤어지지 않기 위해 남편은 외도를 한다. 그럼으로써 남편은 자신의 성적 욕구를 잠재울 수 있고 헤어짐의 위기는 사라질 수 있다. 그러므로 애인이라는 존재가 결혼이라는 체계를 안정적으로 만드는 역할을 한다고 본다. 이러한 시각에서 보면 커플은 외도를 필요로 한다는 말이 되기도 한다. 외도라는 갑작스러운 문제가 커플을 다시 자신들의 문제와 대면하게 만든다. 그러므로 경우에 따라서 외도가 불러일으키는 고통은 감수해야만 한다. 왜냐하면 그런 고통이 아무리 크다고 해도 앞서 설명했던 문제들 때문에 실제로 헤어질 때 감당하게 될 고통보다는 크지 않기 때문이다. 테오, 마리아, 그리고 릴로의 삼각관계가 — 어쨌든 초기 단계에는 — 이런 표현 방식을 선택한 경우에 가장 근접하다고 볼 수 있다.

여기서는 삼각관계와 세 사람 모두의 관련성이 고려된다. 그리고 "배신을 당한 사람"도 외도에 관해 "비밀스러운 관심"을 가지고 있고, 그도 외도에 한몫을 했다는 점이 강조된다. 도덕적 측면을 강조하거나 일방적인 병리학적 표현과는 달리 기능적인 측면을 중요시하는 표현은 여러 측면에서 볼 때 삼각관계 안에서 실제로 일어난 일에 훨씬 더 잘 부합된다. 책임전가를 피함으로써 아무도 일방적인 희생자가 되지 않는다. 이것은 대단히 큰 장점이다. 나 또한 앞에서 소개했던 세 커플들의 사례를 살펴보면서 그러한 상호적인 연관성과 의존성에 대해 반복해서 언급하게 될 것이다. 그러나 이 표현 방식역시 단독적인 관점으로는 여러 가지 충분하지 않은 점들이 있다. 곧여기에도 위기적인 인생의 사건에서 위기적인 요소를 없애려는 경향이 들어 있다. 그리하여 삼각관계의 발생을 하나의 위기라기보다는 오히려 위기를 극복하기 위한 시도로 본다. 하지만 그러기에는 이런 방식이 당사자들의 경험과 일치하지 않는다는 단점이 있다.

또한 기능적 측면을 강조하는 표현 방식은 당사자들을 소위 자동적으로 반응하는 한 체계의 구성원으로 볼 뿐 스스로 책임지는 한 개인으로 보지 않는 경향이 있다. 따라서 각 개인의 행동 동기가 모든 인간 관계에 존재하는 안정성 유지의 경향이라고 해석한다. 그러나 이런 해석도 각 개인의 경험과 자기 책임 의식에 부합되지 않는다. 실제로 "배신을 당한 사람"은 파트너의 외도로 인해 좋은 관계를 위한 자신의 의지와 성실한 노력이 인정받지 못했다고 느끼며, 벌어진 사건과 관련하여 자신에게 주어지는 공동의 몫이 책임 전가이며 부당한 일이라고 여긴다. 여기에 반해 "배신을 한 사람"은 앞서 설명한 시각에서 보자면 자신의 행동에 대해 책임의 부담을 덜 수 있고 이런 점은 흔히 변명으로 이용되기에 좋다. 그러나 당사자가 체험하는 현실과는 역시 거리가 있다. 리아가 자신의 외도 때문에 토마스에 대해 느꼈던 죄책감이 단지 이 커플이 실제로는 도덕적인 측면을 강조하기 때문이라고는 말할 수 없다.

결국 기능적 측면을 강조하는 표현 방식도 다시금 자체적인 입장에서 유일한 원인을 주장하고 그럼으로써 죄를 전가하는 방식으로 쉽게 변질될 수 있다. 곧 외도의 "원인"은 두 사람의 관계가 좋지 않았기 때문이라고 보는 것이다. 이런 좋지 않은 관계가 마치 소용돌이처럼 제3자를 끌어들인 것이라고 여긴다. 그리하여 여기서는 제3자가 "필요에 의해 이용되고" 또한 "착취당하는" 악화된 관계의 희생자로 쉽게 규정될 수 있다. 최근 몇 년 동안 출간된 잡지나 서적에 등장했던 소위 "애인"들은 이러한 기본 경향을 지니고 있다. 그럼으로써 책임 전가의 대상이 바뀐 셈이 되었다.

기능적 측면을 강조하는 표현 방식에서는 문제가 생긴 파트너십의 균형을 다시 찾기 위해 외도의 "필연성"을 강조한다. 그러나 우리가 이미 보아왔던 것처럼 이런 주장이 들어맞는 경우도 있지만 결코 적합하지 않은 경우도 많다. 인간 관계라는 체계에서는 여기서 주장하는 것처럼 통계에 의한 전형적인 균형이 아니라 역동적인 "유동적 균형"이 유지된다. 그리고 이런 유동적 균형은 단지 지속적인 변화의 과정 속에서만 가능하다. 그래서 한 커플이 불균형 속에서 경직될 위험이 있을 때, 바로 그럴 때 외도가 경직된 관계를 풀어주고 변화의 과정을 통해 새롭고 적절한 균형을 이루게 하는 시도가 될 수 있다. 그런데 기능적 측면을 강조하는 표현 방식에서는 이런 상황들이 도외시되고 있다. 때문에 지나친 경우 이런 표현 방식은 냉소적이고 무관심한 사고방식을 만들 수 있다. 곧 "일어나는 모든 일은 어떤 필연성을 가지고 일어난다. 그러므로 흥분하거나, 죄책감을 느끼거나, 사죄를 할 아무런 이유가 없다. 결국 그 어떤 것도 인위적으로 바꾸거나 변화시킬 필요가 없다." 모든 일은 소위 당연히 일어나는 것이고 그대로 흘러가는 것이라고 생각하게 된다는 것이다.

변화가 필요해

여기서는 외도라는 위기 사건을 "변화에 대한 요구"라고 본다. 과거의 안정성은 새로운 안정성을 가져다줄 변화의 과정을 위해 해체되어야 한다. 물론 실제로 위기의 한가운데에서는 이러한 새로운 안정성을 얻기는커녕 그런 것이 가능하다는 것조차 인식할 수가 없다.

그러나 새로운 안정성은 현재의 위기를 몰아내는 비밀스런 원동력
이 된다. 그러므로 삼각관계의 발생은 "변화의 필요성을 알리
는 전령"이라고 간주한다. 이 방식은 "무엇을 위해 이 위기가 유
용한 것이 될 수 있을까?"라는 의문을 가지고 위기 사건에 접근한다.
나 또한 이 관점에 동의하므로 다음 글에서 여기에 대해 좀더 자세히
설명해 보려고 한다.

인생의 위기,
외도와 삼각관계

위에 소개된 표현 방식들은 각기 외도를 이해하는 데 중요한 요소를 한 가지씩 강조하고 있다. 하지만 어느 하나도 당사자들의 체험이나 사고를 포괄적으로 설명하지는 못한다. 그리고 이런 시각들이 오히려 위기를 통해 가능할 수도 있는 긍정적인 발전을 막는 경우도 흔히 있다. 그래서 삼각관계에 처한 커플들이 도움을 원할 때 전문가들의 첫번째 중요한 과제는 이 커플이 외도를 어떤 방식으로 표현하는가를 알아내는 일이다. 왜냐하면 이러한 표현 방식이 언제나 적합한 해결 전략을 결정하는 토대가 되기 때문이다. 잘못된 해결 방식이 추가적인 문제를 발생시키는 일도 적지 않으며 그렇게 해서 생긴 문제는 기존의 문제보다 더 심각한 결과를 초래한다. 그러므로 전문가의 도움으로 새로운 표현 방식을 찾는 것이 상담의 가장 중요한 목적이라고 할 수 있다. 새로운 표현 방식을 통해 가로막혀 있던 벽을 제거할 수 있고 새로운 사고를 할 수 있으며 유익한 해결책을 찾을 수 있다. 삼각관계를 새롭게 표현할 수 있는 방식을 찾아내기 위해서는 바람직한 표현 방식의 모델이 필요하다. 그런 모델 중 하나가 바로 발전지향적인 표현 방식이다.

발전지향적 표현 방식에서 가장 중요한 점은 인생의 위기 사건이 단지 과거나 현재의 상황만 고려되는 것이 아니라 인간과 인간 관계에 대한 미래의 발전가능성 속에서 검토된다는 점이다.

또한 발전지향적 표현 방식은 인생의 위기라고 할 수 있는 외도가 어느 정도까지 당사자에게 발전의 기회를 제공하고 요구하는지를 중요시한다. 그렇지만 결코 과거와 현재가 완전히 배제되는 것은 아니다. 외도는 현재의 상황에 균형을 찾아주는 나름대로의 기능이 있다고 보기 때문이다. 이 기능은 각기 자라온 특정한 가정환경에 따른 학습 과정의 결과이다. 이런 관점은 기능적 측면을 강조하는 표현이나 병리학적인 표현에서 일방적으로 사용되는 것인데 발전지향적인 표현 방식은 이런 관점들을 끌어들이되 미래의 발전가능성과 동일한 수평선상에 놓고 시작한다. 결국 발전지향적인 표현 방식으로 미래와 현재와 과거를 관련시켜 정리하자면 이렇게 말할 수 있다. 외도와 관련된 현재의 상황에서 어떤 발전가능성이 예상되는가? 그리고 자라온 가정에서 극복되지 않은 어떤 문제들이 현재의 삼각관계에서 재현되고 있는가? 이렇게 보면 가장 상위에 있는 관점은 미래의 발전과 관련된 측면이다. 이제 이러한 발전지향적 표현 방식의 특징을 각각의 측면에서 알아보자.

미래

미래와 관련해서 외도라는 위기 사건은 언제나 다음과 같은 의문이 제시된다. "이 사건에서 새로운 인생을 위한 어떤 가능성이 예시되고 있는가?" 그런데 이런 의문의 대상은 단지 "배신을 한 사람"이나 애인뿐만이 아니다. "배신을 당한 사람"도 주관적인 체험에 의해 이런 의문을 조금이라도 갖게 된다면 그에게도 해당되는 질문이다. 처음에는 외도가 심각한 문제로, 혹은 큰 재앙으로 체험되지만 결국에는 "인생 경력을 풍요롭게 하는 사건"이 되어야 하며 그럼으로써 미래의 측면에서 완전히 새롭게 평가되어야 한다. 이러한 미래지향적 측면에서 외도의 또다른 두 가지 시간적 차원, 곧 외도의 과거와 현재도 특별한 의미를 지닌다.

현재

현재의 측면에서는 커플의 공동작용으로 인해 야기된 외도라는 위기적 사건이 현재의 상황에서 설명되고 평가된다. 그렇다면 제3자를 소위 "필요로 하게 된다"는 파트너들의 이러한 공동작용은 어떤 것일까? 이런 관점에서는 외도를 흔히 "균형 찾기"의 시도라고 해석한다. 곧 두 파트너의 상호작용에서 다양한 이유로 부족한 부분이 있다면, 예를 들어 요구되는 의무와 비교해서 상대적으로 쾌락이 부족하다면 외도는 이런 상황을 조정하기 위한 시도로 해석된다. 그래서 의무가 지배적인 파트너들의 경우에는 늘 쾌락적인 부분이 부족하다고 느끼고 그 때문에 두 사람 중 한 사람이 "외도"에 빠지게 된다고 본다. 파트너 간의 이러한 불균형을 이해하기 위해서는 가정적인 생활과 커플로서의 공동생활에 대해 알아볼 필요가 있다.

과거

사람들이 커플 관계를 통해서 인생의 특정한 측면들을 체험하지 못했기 때문에 외도를 시도하는 것은 그들이 성장한 가정과 그 안에서의 경험, 곧 개인적인 과거와도 관련이 있다. 그러므로 발전지향적 표현 방식에서는 외도를 세 사람의 개인적인 성장 환경의 측면에서부터 관찰하고 이해한다. 그렇게 보면 개인적인 성장 경험이 삼각관계 안에서 과거의 관계 형태를, 예를 들면 엄마 - 아빠 - 아이의 구조를 반복하고 재현시킨다는 말이 되기도 한다. 여기서는 이러한 반복 현상을 어린 시절로부터의 "해결되지 않은 사건"을 파트너와 함께 마무리하려는 ― 대부분 무의식적인 ― 시도로 본다. 여기까지만 보면 외도는 커플의 현재 상황보다는 각 개인의 과거와 그들의 성장 환경과 관련된 시도라고 볼 수 있다. 그렇다고 여기에 당사자들을 환자 취급하거나 이런 방식으로 외도에 대한 책임을 지게 하려는 의도가 있는 것은 아니다. 그보다는 성장한 가정에서부터 잔존해 있고 커플 관계 안에서도 해결되지 않은 문제들이 어느 정도까지 삼각관계 안에서 되살아나는지 그리고 해결의 시도를 다시 시작할 수 있는지를 분명히 알아내려는 데 목적이 있다.

발전지향적인 표현 방식은 일어난 사건의 복합성에 부합하기 위해 이러한 다양한 시간적 측면들을 고려한다. 이러한 시간적 측면들이 삼각관계의 구조에 다양한 방식으로 영향을 미치기 때문이다. 외도로 인한 삼각관계의 문제에 접근할 때 "실제로" 현실은 어떠한지 그리고 어떤 관점이 "진실"인지 등의 질문은 피하는 것이 낫다. 그어떤 관점도 현실의 완벽한 표현일 수는 없기 때문이다. 각각의 관점들이 현실의 특성을 조금씩 지니고 있을 뿐이다. 다시 말해서 지금까지 소개된 외도와 관련된 관점들은 현실에 대한 해석학적 접근일 뿐이며 현실의 진정한 표현은 아니라는 뜻이다. 그렇다고 우리가 어떤 관점 혹은 표현 방식을 택하든 상관없다는 말은 아니다. 올바른 기준은 예를 들어 전문가와 상담을 하는 과정에서 밝혀질 수 있다. 곧 예전에는 보이지 않았던, 연관성이 뚜렷한 새로운 시각으로 외도를 바라볼 때 생기는 조화로움 속에서 말이다.

외도에 더 이상
남녀 구분은 없다

예전과 비교하여 오늘날에는 외도로 인한 삼각관계가 엄청난 비율로 증가했다. 지금까지의 통계자료를 보면 현대사회에서 남성과 여성의 약 3분의 1에서 반 정도가 결혼생활 중에 외도를 하고 있다고 한다. 특히 두드러진 현상은 지난 몇십 년 동안 외도를 하는 여성의 숫자가 급격히 증가했다는 사실이다. 여성들은 오늘날 거의 남성들과 "동등한 정도로" 그런 경향을 보이고 있다. 신의와 지속적인 관계의 절대성에 대한 일반적인 인식은 완전히 변한 듯하다. 그리고 이러한 변화는 남녀 관계를 포함한 다양한 인간 관계 속에서 나타나는 광범위한 변화 과정의 일부분이다.

가정사회학자들은 이런 현상을 광범위한 개인주의화 과정 혹은 기존의 사회적이고 세계관적인 연대로부터의 개인의 분리로 설명하고 있다. 이런 과정은 현대화와 더불어 시작되어 산업화를 통해 그 범위가 넓게 확장되었으며, "포스트모던"이라고 부르는 요즘 시대에는 모든 영역에서 그런 과정을 확인할 수 있다.

예전에는 각각의 개인이 포괄적인 전체의 일부분으로 이해되었던 것에 비해, 오늘날에는 개인과 개인의 자기 실현이 무엇보다도 중요시되고 있다. 그리고 바로 이런 점이 인간 관계에 대단히 커다란 영향을 미치고 있다. 생계 유지나 세대 보존이 더 이상 우위를 차지하지 않으며 그보다는 개인적인 행복에 대한 상호적인 만족이 우선된다. 따라서 파트너 사이에서도 서로에게 경제적 부양이나 보조보다는 열정적이고 에로틱한 사랑이 강조되고 있다. 그리하여 제3의 문제, 예를 들면 아이나 가정을 위한 공동의 협조보다는 자기만의 개성 표현과 실현이 가장 절실한 관심사가 되었다. 또한 섹스가 오로지 2세의 생산이라는 기능을 하던 시대는 벌써 지나갔고 오직 개인주의화된 행복 추구의 주요한 도구가 되었다. 여성들은 이제 점점 희생적인 역할에서 벗어나고 있다. 아이를 낳는 것은 더 이상 여자의 운명이 아니라 단지 선택 사항일 뿐이다.

또 각자의 직업적인 정체성이 점점 자기 이미지의 중요한 요소가 되고 있다. 설사 외적으로는 여전히 전통적인 주부와 어머니의 역할 속에서 살고 있는 여성들이라고 해도 상황은 비슷하다. 이제 파트너와의 결합을 객관적으로 존재하는 "혼인에 의한 절대적인 관계"로 여기는 사람은 점점 줄어들고 있으며 그보다는 감정의 문제, 다시 말해 존재할 수도 있고 혹은 (더 이상) 존재하지 않을 수도 있는 감정의 문제로 여긴다. 변화, 융통성, 유연성, 그리고 일시성 등이 곳곳에서 삶의 감정들의 대부분을 차지하고 있으며, 반대로 정체된 것, 확실한 것, 지속적인 것, 그리고 연속적인 것 등은 진부하고 단조롭다는 평가가 지배적이 되어가고 있다. 또 "자기 자신에 대한 신의"가 보다 더 중심적인 가치를 부여받고 있고, 이것은 자주 '다른 사람에 대한 신의'와 갈등을 일으키곤 한다.

물론 이런 경향이 모든 사회 계층에서 실제로 나타나고 있는 것은 아니다. 부르카르트(Guenter Burkart)와 콜리(Martin Kohli)에 의하면 이런 경향은 오로지 선택적이고 부분적으로 인텔리 계층에서 전형적으로 나타나고 있다고 한다. 반면에 기술직이나 농업, 그리고 노동자 계층에서는 아직도 가부장제에 의한 서민적이고 기독교적인 결혼이라는 전통적인 가치관이 더 강력하게 지배하고 있다. 그렇지만 여기서도 이런 가치들이 더 이상 확고부동하지는 않다는 사실을 감지할 수 있다. 파트너와의 영원한 사랑과 죽는 날까지 신의를 지키는 일은 어쩌면 여전히 우리의 이상일지도 모른다. 그러나 이런 이상들이 파트너들을 연결시키는 끈으로 존재하는 일은 점점 줄어들고 있다.

그러므로 오늘날 서로 신의를 지키며 살아가는 파트너들이 있다고 할 때, 이들의 동기가 예전처럼 가정적이고 경제적이고 외부적인 이유들인 경우는 드물다는 얘기이다. 무엇보다도 이들은 서로 자신들의 관계를 만족스럽고 의미 있게 느끼고 있기 때문에 관계를 유지하고 신의를 지키고 있는 것이다. 오늘날 신의란 더 이상 객관적인 규칙, 혹은 일괄적으로 요구되는 명령으로서 존재하지 않는다. 신의란 이제 주관적으로 그 자체가 의미 있는 것으로 느껴지는 경우에만 지속적으로 존재하게 되었다는 뜻이다. 결국 현대 사회에서 신의란 대단히 유동적인 요소를 토대로 이루어진 것이라고 말할 수 있다. 왜냐하면 신의의 근간이 되는 주관적인 경험이란 우리가 상상하지 못할 수많은 변수와 자극에 동요될 수 있기 때문이다. 그러므로 과거에 비해 외도를 하는 사람들이 늘어나고 그로 인한 삼각관계가 형성되는 일이 잦아지는 것은 전혀 놀랄 일이 아닌 것이다.

충격적인
제3자의 출현

언제부터인가 외도는 "일반적인" 일이 되어버렸다. 그렇다고 사람들이 외도를 실제로 일반적인 일로 느끼고 있을까? 결코 그렇지는 않다. 진보적 사고와 개인주의화에도 불구하고 하인리히 하이네의 시에 로베르트 슈만이 작곡한 「시인의 사랑」에 나오는 말은 여전히 유효하다.

"그것은 아주 오래된 일이라도 언제나 새롭게 남아 있다. 그리고 막상 그런 일을 당한 사람의 마음은 두 조각이 나고 만다!"

여기에서 파트너의 외도를 뜻하는 "그런 일을" 당하면 사람들은 흔히 깊은 실망을 느낀다. "왜 나에게 이런 일을 겪게 하는 거니?"라는 의문을 갖게 되고 심각한 상처와 고통을 받는 경우가 많다. 지금까지의 삶에 깊은 회의를 느끼고 때로는 모든 당사자들이 완전히 새로운 방향을 선택하기도 한다. "제3자"의 출현이 이처럼 엄청난 위기일발의 사건을 만드는 것이다. 이것을 어떻게 이해해야 할까?

흔히 우리의 삶에서 제3자의 출현은 두 사람의 관계에 하나의 위기가 될 수 있다. 비록 이 제3자가 파트너의 연인이거나 애인이 아닌 경우라고 하더라도. 예를 들어 기쁜 마음으로 기다렸던 아기의 탄생이 지금껏 젊은 부부가 쌓아온 모든 것을 엉망으로 만들 수도 있으며, 시어머니의 방문이 대부분의 커플에게 정기적으로 가장 격하면서도 극복할 수 없는 갈등의 요소가 되기도 한다. 또한 아내가 다른 여자 친구들과 나누는 지나친 수다가 가족간의 불화를 만들기도 한다.

시간이 흐르면서 파트너가 된 두 사람은 서로에게 익숙해지고 이런 점이 특별히 만족스럽든 혹은 아니든 간에 어느 정도의 안정성과 방향성을 찾게 된다. 말하자면 안정감과 편안함을 통해 균형을 잡아간다는 뜻이다. 여기에 제3자가 끼여들게 되면 관계가 불안정해지고 방향성을 잃어버릴 수도 있다. 우리의 삶에서 세 사람으로 이루어진 삼각관계는 흔히 인생에서 스트레스를 유발하고, 파트너들로부터 극복을 위해 강한 잠재력을 요구하며, 때로는 모든 힘을 소진하게 만드는 위태로운 사건이 될 수 있다.

엄마, 아빠, 아이로 이루어진 가정 안에서의 삼각관계는 시어머니 혹은 친구의 존재와 마찬가지로 대개의 커플에게 당연히 생길 수 있는 상황이다. 이런 의미에서의 삼각관계는 "예측할 수 있으며", 우리는 이런 상황에 대해 미리 각오를 해두거나 이야기를 나누거나 혹은 아예 일찍 받아들이기도 한다. 왜냐하면 이런 준비는 막상 그런 관계가 형성되었을 때 극복하는 데 큰 도움이 되기 때문이다. 특히 아이의 출산처럼 "예측 가능한 위기 상황들"에 대해서는 특별한 도움을 받는 것이 당연시되고 있는 추세이다. 그리하여 불안정함을 극복하고 관계 속에서 다시 새로운 균형을 만들 수 있는 기회가 생긴다. 그런 기회가 성공적으로 활용되었다면 아이가 태어난 경우에는 새롭게 "작동하는" 삼각관계가 형성되었을 것이고, 시어머니의 방문이 무사히 넘어간 경우라면 위기 극복을 통해 커플의 유대감이 더욱 강화되었을 것이다.

이런 경우들과는 달리 외도로 인한 삼각관계는 커플 내부에 존재했던 예전의 균형을 완전히 엉망으로 만들어버린다. 오늘날 외도가 아무리 있을 법한 일이고 일반적인 일이 되었다 해도 결코 아무도 예측 가능한 인생의 과정으로 여기지는 않기 때문이다. 어쨌든 일반적으로 이런 사건에 대해 미리 대화를 나누거나 구체적인 상황에 대해 마음의 준비를 하는 경우는 없다. 그러다가 이런 상황은 마치 암 진단이나 갑작스러운 사형선고처럼 당사자에게 청천벽력 같은 충격이 된다. 이렇듯 예측하지 못했던 인생의 사건들은 훨씬 더 견디기가 힘들다. 대개 이런 사건들은 전형적인 특성이 있거나 상식적인 모습을 하고 있지 않기 때문이다. 당사자들은 홀로 힘든 상황과 대면하게 된다. 지금 닥친 어려움을 다른 사람들과 나누고 받아들이고 극복하기 위한 어떤 충고나 위로의 말도 그들에게는 아무 소용이 없다. 이처럼 파트너의 외도는 엄청난 스트레스를 유발하고 그 동안 유지되었던 균형이 완전히 뒤집힐 위험을 초래한다.

더군다나 오늘날의 파트너들은 — 그들이 가지고 있는 "신낭만주의적 사랑의 이상"에 걸맞게 — 행복이나 만족과 관련하여 서로에 대해 대단히 비현실적인 이상을 지니고 있다는 점도 문제가 된다. 그런 이상들 때문에 특히나 "배신을 당한 사람"이 느끼는 실망과 절망감은 거의 상상을 초월할 정도에 이른다. 그 사람의 인생에서 거의 모든 것의 토대가 되었던 믿음이 이제 흔들리기 시작하는 것이다.

끝으로 외도로 인한 위기 상황에서 당사자들이 느끼는 스트레스는 외도에 관한 도덕적인 평가에 의해 더욱 상승된다. 질병이나 죽음과 같이 예측할 수 없는 인생의 위기들은 일반적으로 피할 수 없는 운명으로 보지만, 외도란 파트너의 자유행위에 의해 벌어진 일이다. 때로는 "살아남기 위한 필연성"이라는 동기가 제기되기도 하지만 결과적으로 그런 동기는 인정받지 못한다. 인정받기는커녕 과오와 책임이라는 테마가 대두될 뿐이다. 그리하여 외도는 모든 사회적인 자유화와 개인주의화 경향에도 불구하고 치욕과 수치라는 개념과 연관된다. 사람들은 외도를 예전이나 지금이나 부도덕하다고 생각하며 "가해자"나 "피해자"에 대해서도 공개적으로 언급하는 것을 민망하고 당황스럽게 여긴다. 이런 점이 때때로 외도로 인해 벌어진 상황을 수용하고 극복하는 것을 불가능하게 만드는 것은 당연하다. 초기의 힘겨운 상황에서 가까스로 빠져나왔다고 해도 그 후에 당사자들이 선택할 수 있는 두 가지 해결책이란 "모든 것이 아니면 아무 것도 (Everything or Nothing)"의 원칙뿐이다. 그래서 사람들은 허둥대며 힘으로만 해결하려 하고 외도로 인한 관계나 기존의 관계를 갑작스럽게 끊어버리려 한다. 그들은 자신이 겪은 일들 중 어느 한 가지도 적절히 평가하거나 융화시키지 못한다.

하지만 삼각관계가 두 사람의 관계를 엉망으로 만들어버린다는 사실은 다른 한편으로는 커다란 기회가 될 수 있다. 그것도 제3자를 합해 세 사람 모두를 위해서 말이다. "인생에서 위기의 사건들은 언제나 자기 자신의 변화를 요구하게 마련이다."

시간이 흐르면서 생겨난 관계 안의 균형이란 것이 언제나 긍정적인 것은 결코 아니다. 그것은 진부함의 균형, 그렇다, 끔찍함의 균형일 수도 있다. 두 파트너가 지녔던 원래의 생동감과 활력들이 그 안에서 사멸되어 버렸을지도 모른다. 이때 삼각관계의 구조가 출발, 곧 새로운 시작을 가능하게 할 수도 있다. 단 여기서의 출발은 예전의 관계를 회복하거나 완전히 새로운 관계를 세우는 방식이 아니라, 미지의 세계로 향한 출발을 말한다. 모든 당사자들이 닥쳐오는 상황들을 솔직하고 정직하게 대면함으로써 이 미지의 세계가 가능성을 보여주는 "축복받은 세계"가 되게 하는 것이 바로 이 책의 의도이다.

2
균형 찾기의 기술

이번 장에서는 먼저 내가 지지하는 발전지향적인 관점에 상응되도록 삼각관계를 커플이 속하는 관계 타입과 관련해서 설명하고, 다음 장에서는 성장 가정에서 체험한 특정한 경험과의 연관성 속에서 설명해 보려고 한다. 하지만 여기서도 내게 중요한 것은 그 안에서 모두를 위한 발전의 가능성을 찾는 일이다. 이 장에서 나는 현재의 상황, 그리고 새로 등장한 제3자가 아닌 기존의 커플에게 시선을 고정하고 있다. 왜냐하면 나는 이 책을 무엇보다도 커플의 관점에서 쓰고 있기 때문이다.

외도의 발생과 진행을 이해하기 위해서는 다음과 같은 의문을 제기해 볼 필요가 있다. "파트너들 사이의 어떤 문제들이 외도를 통해 균형을 찾아야 하는가?" 혹은 다르게 표현해서 이런 질문이 필요하다. "파트너들은 어떤 불균형 속에서 외도를 통해 다시 균형을 찾으려고 시도하는가?"

여기서 나는 외도란 것이 두 사람 관계에서 무엇인가 부족하기 때문에 발생하는 것이라고 전제하고 있다. 물론 이런 전제가 모든 경우에 들어맞는다고 할 수는 없지만 아주 빈번하게 실제 상황에 부합된다. 특히 외도 때문에 큰 위기를 맞이했고 더 이상 스스로 극복할 수 없어서 전문가의 도움을 받고자 하는 커플들의 경우가 그러하다. 이렇게 보면 "배신을 한 사람"은 결코 악의나 경솔함으로 외도를 저지른 것이 아니다. 외도는 커플들이 서로를 대하는 방식에서 보면 훨씬 더 쉽게 이해된다. 곧 지금 커플에게 닥친 외도라는 위기 사건은 지금까지 적든 많든 무시했거나 아니면 진지하게 여기지 않았던 커플의 문제점을 지적해 주는 신호임이 분명하다.

그렇다면 커플 관계에서 어떤 불균형이 문제가 되는 것일까? 인간의 삶과 공동생활은 양극성들 사이의 움직임으로 이해될 수 있다. 몇 가지 예만 들자면 능동적 / 수동적, 진보적 / 퇴보적, 외향적 / 내향적 극점들 사이에서의 움직임으로 이루어진다고 말할 수 있다. 이런 관점 속에는 하나의 극점에 고정되지 않고 그때그때의 상황에 따라서 유동적으로 한 번은 이 방향으로 다음번에는 저 방향으로 움직일 수 있는 생동감의 개념이 들어 있다. 이런 생동감이 삶에 다양함과 변화를 부여한다.

우리는 이러한 양극성을 커플의 관계 속에서도 확인할 수 있다. 파트너와 함께 사는 삶이 만족스럽고 진정한 의미를 지니기 위해서는 파트너들이 이런 극점들을 번갈아 왔다갔다 해야만 한다. 만약 그렇지 않고 그들이 모두 한 극점에만 고정되어 있거나 혹은 서로 반대되는 극점에서 대립하고 있다면 관계는 경직되고 서로에게 억지로 매여 있다고 느끼게 된다. 커플 문제와 더불어 외도를 이해하기 위해서는 무엇보다도 다음과 같은 양극성의 의미를 알아보는 것이 중요하다.

안정과 자극(또는 결속과 자율)
지배와 복종
주기와 받기

서로 대비되는 각각의 개념들은 그들 사이에 놓인 한 연속체에서 양쪽의 극점을 나타내고 있다. 파트너들이 이런 극점들 중 하나에만 고정되어 있어서 그들의 인생에 다른 극점들이 나타날 수 없다면, 혹은 그들이 서로 반대되는 위치에서 대립하고 있다면 심각한 문제가 발생할 수 있다. 외도란 바로 이러한 일방성에 있어서 균형을 찾으려는 시도라고 볼 수 있다. 곧 두 사람 중 한 사람에게 배제되었던, 혹은 한 사람에게만 허용되었던 극점을 다시 유효하게 만드는 일이다. 이런 사실이 각각의 사례에서 어떻게 드러나는지 양극성들을 하나하나 살펴보면 뚜렷이 알게 될 것이다.

안정과
자극 사이

안정과 자극의 두 양극성은 단지 사람뿐만이 아니라 다른 고등동물의 공동생활을 근본적으로 결정하는 사회적 동기와 사회적 행동의 기본적인 대립성이다. 여기에 대해서는 행동생물학자이면서 심리학자인 노베르트 비숍이 설명한 바 있다. 그에 따르면 우리는 친숙한 사람에게서는(예를 들면 아이는 엄마에게서) 안정감을 얻으려고 하고, 낯선 사람들로부터는(예를 들면 아이가 또래의 놀이친구들로부터) 자극과 흥분을 경험하게 된다. 생존하고 성장하기 위해서 아이들은 처음에 부모가 있는 가정에서 흥분보다 훨씬 더 많은 안정감을 필요로 한다. 안정감이라는 경험에 대해 아이들은 결속감으로 반응을 보인다. 결속감을 통해 소위 1차적 친밀감이라고 불리는 감정이 생겨나고 이것이 다시 앞으로의 삶에 대해 보호받고 있다는 안정감을 갖게 한다. 그러나 아이는 곧 더 많은 자율성과 독립성에 눈을 뜨게 된다. 이러한 자율성에 대한 욕구는 친밀한 사람들에 대한 싫증으로 나타나고 흥분과 자극을 줄 수 있는 친숙하지 않은 사람들에게로 관심을 향하게 만든다. 그런 흥분과 자극이 호기심과 유혹에 의해 생긴 것이든, 혹은 너무 위협적인 두려움 속에서 생긴 것이든 말이다. 이때 두려움은 아이가 다시 친밀한 환경으로 돌아가도록 만든다. 엄마에게서 도피처를 찾는 것이다.

아이가 자랄수록 더 자주 그리고 더 강하게 원초적 친밀감에 대해 싫증을 표시하며 이런 싫증이 부모나 가정과의 결속을 점점 느슨하게 만든다. 자율성의 욕구가 커짐에 따라 섹스에 대한 충동이 증가한다. 자율성과 섹스에 대한 호기심이 강렬하게 친숙한 환경에서 벗어나 "낯선 사람들"에게 가도록 몰아대고 모험을 시도해 보도록 자극한다. 특히 이성 파트너는 친숙함에서 벗어나서 낯선 사람에게 가려는 충동, 곧 자라온 가정에서 벗어나 스스로 선택한 관계로 이루어지는 독립적인 삶에 대한 충동이 모아지는 대상이다. 이때의 섹스 경험은 중요한 역할을 하며 자율성 확립과 부모로부터의 독립에도 영향을 미친다.

사람들은 시간이 지나면서 성인이 되면 중요한 전환점에 이르게 된다. 여기서 이성 파트너와의 섹스가 새로운 그러나 익히 알려져 있는 욕구를 생겨나게 한다. 곧 새로운 종류의 결속에 대한 욕구이다.

섹스는 새로운 결속감을 주고 이제 이성 파트너로부터 원하는 것은 단지 신선함과 낯설음에 대한 매력만이 아니라 새로운 안정감, 새로운 친밀감이다. 노베르트 비숍은 이것을 "2차적 친밀감"이라고 칭하고 부모와 자식 사이의 원초적 친밀감과 구별하였다.

부모 두 사람 사이의 친밀감이란 생존을 위해 근본적으로 필요한 것이지만 부모 자식 간에 형성되는 친밀감 속에는 양면적인 모습이 숨어 있다. 만약 우리가 부모와의 사이에 이런 친밀감의 경험이 너무 적으면 평생 동안 절박하게 이런 친밀감을 찾아다니게 된다. 반대로 이런 친밀감을 "너무 많이" 그리고 "너무 오래" 받으면 그것이 그 사람을 질식시키고, 잠식하고, 죽일 수도 있는 위험성이 있다. 비숍은 생명을 주고 다시금 집어삼켜 버리는 고대 어머니 신의 이중성 속에 이런 양면 가치성이 상징화되어 있다고 본다. 성인이 된 사람은 바로 이런 이중성 때문에 어머니, 부모, 그리고 가정에서 벗어나 낯선 사람들에게, 흥분과 자극을 주는 대상들에게 향하게 된다. 오직 그렇게 해서만 우리는 진정한 성인이 되고 온전히 살아남을 수 있다.

여기에 비해 2차적 친밀감은 다른 특성을 지니고 있다. 여기에는 양면 가치성 대신에 일종의 통합현상이 나타난다. 곧 2차적 친밀감 속에는 안정감과 흥분이 함께 들어 있고, 결속감과 독립성이 같이 존재한다. 따라서 이런 친밀감은 지속적인 섹스 체험을 가능하게 한다. 그러므로 아이가 엄마와 아빠에게 느끼는 1차적 친밀감에서 갖는 유대감과 비교해서 성장한 두 파트너들 사이에 성립되는 제2의 친밀감에서 갖는 유대감은 안정과 흥분이라는 두 개의 극점 사이에서 유동적인 조화를 찾는다는 점에서 큰 차이가 있다. 이 말은 성인이 된 파트너들은 엄마와 아이의 관계와는 달리 서로에게 안정과 흥분의 원천이 된다는 뜻이다. 그들은 서로에게 싫증나지 않을 만큼의 안정감을 주고, 또한 두려워지지 않을 만큼의 흥분을 준다. 이러한 안정과 흥분 사이의 균형은 비숍의 의견에 따르면 성숙한 파트너 관계의 전형적인 모습이라고 한다.

커플들은 관계가 성립되는 과정에서 반복적으로 이런 양극성들과 만나게 되는데, 결속감과 자율성, 친밀감과 거리감, 의무와 쾌락처럼 한 가지 양극성의 다양한 변형들이 나타난다. 물론 이런 세부적인 양극성들을 안정과 흥분이라는 큰 범위로 완전히 대변할 수는 없지만 그런 시도를 해본다면 다음과 같이 정리할 수 있다.

안정 ↔ 흥분
결속 ↔ 자율
친밀감 ↔ 거리감
의무 ↔ 쾌락

커플들은 함께 살면서 여러 양극성들 사이에서 역동적인 균형을 찾아야만 한다. 물론 현실적으로는 많은 차이가 있음을 누구나 알고 있다. 왜냐하면 많은 남녀 관계들이 2차적 친밀감이 아니라 1차적 친밀감의 특성을 지니기 때문이다. 곧 많은 남녀 관계들이 현실적으로는 소위 부모 자식 관계의 특성을 나타내고 있다. 그래서 안정감이 흥분보다 더 지배적이고, 자율성보다는 결속감이, 적당한 거리감보다는 — 어쨌든 외부적으로 볼 때 — 친밀감이, 그리고 쾌락보다는 의무가 더 우위를 차지하고 있다. 그럼으로써 1차적 친밀감의 규칙성이 그대로 성숙한 관계로 옮겨진다.

비숍은 동물들의 경우에 1차적 친밀감이 흔히 성관계를 차단한다는 점을 밝히고 있다. 많은 남녀 관계에서 서로에 대한 매력이 사라지는 것은 의심할 여지없이 이러한 1차적 친밀감의 특징과 관계가 깊다. 남녀 관계가 1차적 친밀감의 특징을 가지면서 "근친상간 - 금기"의 인식이 영향을 미치고, 서로에 대한 싫증이 매우 증가하며, 흥분, 호기심, 매혹이 사라지고, 결국 기존의 관계 밖에서, 예를 들면 바로 외도를 통해 이런 것들을 구한다. 그렇게 되면 애인이라는 존재가 적당한 긴장과 흥분을 주는 낯선 존재, 동시에 성적인 체험도 가능한 상대의 역할을 맡게 되는 것이다. 그러나 기존의 커플은 각기 여자와 남자로서의 윤곽을 잃어버린다. 그들은 함께 기본적인 가정 형태를 유지하고 그 안에서 안전함을 느끼지만 서로에게 지루함을 느끼게 된다. 이런 지루함과 진부함은 단지 섹스의 영역에 국한된 얘기만은 아니다.

이렇게 볼 때 "배신을 한 사람"은 이런 환경에 만족하지 않은 사람들이다. 마치 그 동안 성장해 온 가정으로부터 독립을 시도하는 막 성인이 된 청년들처럼 말이다. 그들은 안정감, 결속감, 친밀감 등이 자신들을 질식시킬 것 같은 위험을 느껴 밖으로 뛰쳐나간다. 그러므로 이들의 외도는 안정과 자극 사이에서 다시 균형을 찾으려는 무의식적인 시도인 것이다. 물론 이런 경우 직접적인 행동으로는 옮기지 못한 채, 동경에 가득 차서 그저 밖을 바라보고만 있는 사람들도 있다. 그런데 소위 애인들은 생기와 활력에 대한 이러한 동경을 확실한 직감력으로 읽어내고 이 동경을 흔들어 깨우고 싶다는 강렬한 유혹을 느낀다. 여기서 우리는 앞서 등장했던 세 커플의 이야기로 시선을 돌려보자.

테오, 마리아 그리고 릴로

"전통적인 삼각관계"의 상황은 사회적·경제적으로 안정되어 있는 중년 커플들에게서 많이 나타나고 있다. 테오는 자신의 직업에서 대단히 많은 흥분과 자극을 얻는다. 그러므로 그에게 직장이란 자율성을 느낄 수 있는 공간이면서 동시에 많은 의무와 책임이 따르는 곳이다. 이곳에서 그는 일을 통해 많은 즐거움을 느끼고 있다. 그러나 커플 관계에서는 상황이 다르다. 여기서는 안정감, 결속감 그리고 의무감이 지배적이다. 그는 마리아를 아이들의 엄마, 자신을 엄마처럼 보살펴주는 존재 이외로는 여기지 않는다. 또한 마리아에게는 이제 다른 매력은 찾아볼 수도 없고, 그녀는 완전히 엄마와 주부로서의 역할에만 익숙해져 있다. 상황을 더욱 심각하게 만드는 것은 아이들이 그녀를 더 이상 필요로 하지 않으면서부터는 엄마로서 그녀가 지녔

In einem Boot?

던 의미와 중요성을 잃어버렸다는 점이다.

테오와 마리아는 부모와 자식 관계에나 있을 만한 느낌을 서로에게 가지고 있다. 테오가 마리아에 대해 이런 느낌을 갖는 것은 확실하다. 문제는 마리아가 테오에 대해서 이런 느낌을 갖는다는 것이다. 테오 역시 마리아에게 더 이상 아무런 흥분감도 일으키지 못하며 안정감이라는 극점에 고정된 존재이다. 그는 늘 일로 바쁘기 때문에 마리아와 가정은 오로지 그의 안식을 위해 존재하는 것이 되어버렸다. 이미 오래전부터 커플의 관계를 돈독히 하기 위한 그 어떤 자극

도 그로부터는 기대할 수 없었다. "흥분이라는 극점"은 이들의 관계
에서 완전히 사라진 것처럼 보였다. 그런데 릴로의 등장이 이렇게 경
직되어 있는 상황에 자극을 주고 충격을 주는 역할을 했다. 이런 상
황을 아주 잘 설명해 주는 것이 테오와 마리아가 나와의 만남에서 처
음에 그렸던 그림이다.

테오가 그린 그림을 보자. 그림에서 테오는 반으로 — 말하자면
여기저기로 — 나뉘어 있는 것처럼 보인다. 그는 매력적인 릴로(그림
의 왼쪽) 때문에 결혼이라는 안전한 기슭(배경 속에 있는 교회를 보라!)

으로부터 떠내려왔다. 이제 세 사람은 모두 노도 갖고 있지 않고 운전대도 없는 방향 잃은 뗏목을 타고 불확실한 미래를 향해 강을 떠내려가고 있다. 대단히 모험적이지만, 동시에 매우 위험하다. 그러나 테오는 아직 마리아에 대한 미련을 가지고 있다. 마리아 스스로도 벌어진 사건 때문에 소용돌이 속에 빠졌고 더 이상 그를 도와주지 않는다. 그림 아래에 테오가 써놓은 "한 배 위에?"라는 글은 빨리 좀더 안정된 항해를 하고 싶다는 소망을 표현하고 있다. 그러면서도 다른 한편으로 그는 새로 얻은 것을 다시 포기하고 싶지는 않다. 그러므로 그의 문제는 "세 사람이 함께 — 물론 지금보다는 조금 덜 위험하게 — 계속 갈 수 있는 가능성은 없을까?"라는 것이다.

마리아의 그림은 릴로(왼쪽 인물)가 완전히 우위를 차지한 모습을 표현하고 있다. 릴로는 마치 굴착기의 자동집게처럼 테오를 향해 손을 뻗치고 있다. 마리아는 자신을 그림의 오른쪽 가장자리에 그렸는데 힘없이 손을 내밀고 있다(그녀의 이미지는 "무력함"이다). 그림의 크기로 보자면 그녀는 아들들과 큰 차이가 없다. 이것은 삼각관계라는 상황 자체가 그녀의 자기 가치 의식에 큰 타격을 입혔음을 나타내고 있다. 테오와 마리아는 이런 상황을 통해 다음과 같은 문제와 대면하게 되었다. "내 자신이 지니고 있는 생동감, 자율성과 이미지, 그리고 남자와 여자로서의 가치는 어느 정도인가?"

테오와 같은 남성들은 흔히 이런 의문들이 릴로의 품안에서 저절로 풀어질 것이라고 생각한다. 그러나 이런 문제를 푸는 데 가장 중요한 것은 테오가 가정에서 생기와 활력을 느끼지 못하는 것은 결코 마리아의 탓이 아니라는 것, 그리고 릴로가 이런 부족함을 쉽게 메워 줄 수는 없다는 것, 결국 여기서 그는 자기 자신과의 지극히 개인적인 문제와 대면해 있다는 것을 스스로 이해하는 일이다. 그는 직장에서 책임과 도전을 통해 출세라는 보트를 안전하게 조정하는 법을 배웠다. 그러나 그 외의 다른 삶은 어떠한가? 그의 개인적인 관계들은 어떠한가? 여기서 그는 초보자에 불과하다. 릴로를 향한 열정이 그를 직접적으로 이런 문제들과 대면하게 만들었다. 그의 뗏목은 이제 불안정하다. 그는 우선 조정하는 법을 배워야 하고 스스로 활력을 찾는 법을 배워야만 한다. 그런 사실을 인정하는 것이 그에게는 가장 중요한 과제이며 그럼으로써 이 위기를 잘 해결할 수 있다.

마리아와 같은 여성은 흔히 새로 등장한 애인 때문에 여자로서의 자기 가치 의식과 정면으로 대면하게 되는 것을 견디지 못한다. 때문에 이런 여성은 상대방을 도덕적으로 비난하거나 부당함을 불평하는 희생자의 위치로 전락할 위험이 있다. 처음에 마리아는 이 두 가지 역할을 번갈아가며 보여주었다. 그렇게 해서 그녀는 테오로 하여금 죄책감을 갖게 할 수는 있었지만 상황을 해결하는 데는 도움이 되지 않았다. 문제의 해결은 그녀가 새로운 도전을 결정할 때, 그리고 그림에서처럼 더 이상 아이들의 뒤에만 머물러 있지 않고 앞으로 나서서 "엄마와 아내로서가 아닌 나 자신은 도대체 누구인가?"라는 의문을 가질 때 비로소 시작된다.

마리아와 테오는 위의 그림을 그리고 상담을 한 후에 일시적으로 별거의 시간을 갖기로 결정했다. 그런데 현명하게도 테오는 이런 상황에서 사람들이 쉽게 저지르는 실수를 피했는데, 릴로의 집으로 바로 들어간 것이 아니라 자신의 집을 따로 얻었다는 점이다. 말하자면 그는 제3의 장소를 선택한 셈이었다. 그리하여 그는 "엄마"를 떠나서 "애인"을 필요로 하는 "갓 성장한 청년"이 된 것이 아니라, 두 명의 여자로부터 똑같은 거리를 두었다. 그가 두 사람과의 관계를 모두 느슨하게 풀어놓음으로써 어떤 새로운 것이 발전할 수 있는 적당한 거리가 생겼다. 이런 방법으로 그는 상대가 아내이든 혹은 애인이든 결속감과 자율성 중 한 가지를 선택하는 대신에 결속감과 자율성의 통합을 시도할 수 있는 가능성을 만들었다.

알프, 도로테아, 그리고 미하엘

이 커플에서 적당한 자극과 자율성의 부족이 뚜렷하게 눈에 띄는 사람은 특히 도로테아이다. 그녀는 부모, 특히 아버지로부터의 독립 과정이 아직 완결되지 않은 시점에 알프와 결혼했다. 가정적 결속감에 대한 싫증이 그녀를 소위 "완전한 독립"으로 이끌었지만, 사실 그 것은 가상적인 독립에 지나지 않았다. 그녀는 갑작스럽게 알프와 새로운 관계를 시작하게 되었다. 이런 상황에서 그녀와 알프의 관계가 얼마 되지 않아서 과거에 그녀가 매여 있던 부녀 관계의 변형으로 드러난 것은 놀랄 일이 아니다. 알프는 그녀의 아버지와 마찬가지로 그녀를 구속하고 소유하려고 했다. 처음에는 도로테아가 그에 대해 대단히 감탄했고 그를 높이 평가했기 때문에 이런 모습이 눈에 띄지 않았던 것이다. 그렇지만 그녀는 최대한 적응하기 위해 애썼고, 함께 지내면서 혹은 부부생활을 하면서 생기는 어려움들을 모두 자신의 탓으로 돌렸으며, 엄마와 같은 존재가 됨으로써 알프와 동등하게 되려고 노력했다.

그러나 세월이 흐르면서 그녀는 "자기 위치"를 잃었다는 결핍감에 강하게 사로잡혔고 직업적인 정체성을 찾고 싶다는 절실한 소망을 갖게 되었다. 그녀는 의식적으로 알프의 관심과 영향력이 미치지 않는 분야의 공부를 선택하였다. 그리고 미하엘과의 외도는 "아버지 같은 남편"인 알프로부터 벗어나 자기만의 어떤 것을 가지기 위한 보다 광범위한, 그리고 극단적인 시도였던 것이다. 미하엘은 무엇보다도 그녀에게 동등함과 대등함을 느끼게 해주는 남자였다. 그들은 또래였고, 같은 만학도였으며, 비슷한 방식의 삶을 추구하고 있었다. 시간이 흐르면서 금방 드러났듯이 사실 이들의 관계에서는 섹스가 큰 역할을 하지 않았다. 여기서 섹스란 어느 정도 독립을 상징하는 기능을 지니고 있을 뿐이다. 마치 성장한 어른이 성적인 경험을 통해 자신의 부모와 연결되어 있는 고리를 끊어버리듯이, 도로테아 역시 알프로부터 분명하게 거리를 두려면 미하엘과의 섹스가 필요했던 것이다. 왜냐하면 알프는 그의 고정된 사고방식으로 볼 때 도로테아의 이런 "배신"을 통해 심각한 충격을 받을 것이기 때문이다. 실제로 도로테아의 이런 의도가 성공하자 미하엘과의 관계에서 섹스의 의미는 상실되었다. 도로테아와 미하엘은 계속해서 우정 관계로 머물렀다. 그들은 인생 공동체를 만들려는 남자와 여자가 아닌, 그저 같은 길을 가는 동지와 같은 사이가 되었다.

여기서 미하엘과의 관계는 도로테아로 하여금 자기 자신을 향해 한 걸음 내딛게 만들었다. 알프로서는 이런 상황이 자율성이라는 테마에 대해서 생각하게 하는 기회가 되었다. 외형적으로 그는 강자였고, 능력 있고, 자율적인 사람이었다. 그러나 관계 안에서 강요하고 임의로 결정하는 그의 행동은 마치 아이가 엄마에게 매달리듯 도로테아에게 매달리려는 시도와 다르지 않았다. 도로테아의 자유 선언은 그를 마치 엄마로부터 버림받은 아이가 느끼는 절망 속으로 빠지게 했다. 안타깝게도 그는 이런 상황을 참아내지 못했고, 계속해서 가상적인 자신의 강한 모습 뒤에 진실을 숨겼으며, 그녀에게 모든 도덕적인 책임을 떠맡겼다. 그리고 순리에 어긋나는 그녀의 "이기적 발상"을 비난함으로써 그녀의 마음을 더욱 차갑게 굳어버리게 했다.

토마스, 리아 그리고 아르민

리아와 토마스의 경우에는 마리아와 테오의 경우와 비슷하게 두 사람 모두에게서 흥분과 자극의 부족함이 뚜렷하게 나타났다. 여기서는 리아가 테오의 입장에 처해 있었다. 그녀는 직업적으로 확고한 정체성을 가지고 있었고 성공도 거두었다. 이에 반해 토마스는 오히려 마리아의 입장에 있다고 볼 수 있다. 그는 주로 아이들과 함께 집에 있었고 가정을 돌보는 역할을 하고 있었다. 토마스는 비교적 오늘날 흔하게 발견할 수 있는 타입의 남성이다. 그와 같은 남성들은 아버지에 대한 욕구불만적인 경험 때문에 어떤 경우에도 직장에만 전념하거나 아내와 아이들을 혼자 내버려두지 않는다. 그들은 진심으로 가족을 위해 배려하며 자신들의 몫을 다하기 위해 노력한다. 그런데 이때 그들은 흔히 자신의 욕구는 미뤄두고 파트너와의 거리를 너무 적게 두거나 자기만의 생활을 등한시하는 경향이 있다. 그래서 건전한 자기주장의 충동과 자연적인 공격성을 무조건 억누르고 부드러움과 온화함만을 더욱 개발시킨다. 때문에 그들은 리아처럼 따뜻함과 너그러움을 원하는 여성들에게는 대단히 매력적으로 보일 수 있다.

또 그는 리아가 직업을 통해 자기 실현을 이루려는 소망을 지지해 주었다. 그러나 여기에도 두 사람의 관계가 점점 부모와 아이 사이에서 생기는 1차적 친밀감의 특징을 나타낼 위험이 있다. 파트너의 호기심과 두근거림을 자극할 수 있는 "낯설고 남성적인" 모습은 찾기가 어렵기 때문이다. 그러나 여성들은 대부분 이런 현실을 하나의 결핍사항으로 언급하지는 않는다. 이런 남성들은 사실 "대단히 성실하며" 여성들은 자신의 파트너가 소위 "마초" 타입이 아닌 것을 다행으로 여긴다. 리아와 같은 여성들은 흔히 자신들에게 더 남성적인 상대가 필요하다는 것을 오랫동안 인정하지 않는다.

아르민과 같은 남성은 이런 "낯설고 매혹적인" 남성상을 대단히 잘 대변하고 있다. 이러한 남성상은 한편으로는 큰 두려움을 주지만 동시에 이미 오래된 것이되 의식적으로 인정하지 않았던 동경을 충족시켜 준다. 아르민과의 섹스를 통해서 리아는 처음으로 남자가 열정에 가득 찬 눈으로 여자를 바라볼 때 원하는 것이 무엇인지를 체험하였다.

이 커플에서는 "흥분과 안정"이라는 테마에 "남성다움과 여성다움"이라는 양극적인 특징이 함께 내포되어 있다. 여기서 외도라는 위기 상황은 단지 "배신을 한 사람"인 리아뿐 아니라, "배신을 당한 사람"인 토마스에게도 똑같이 해당되는 사실임을 분명하게 알 수 있다. 토마스는 이런 사실을 분명하게 시인하지는 않으면서도 이런 상황의 "의미"는 충분히 이해했다. 그래서 그는 의식적으로 부정했던 존재인 아르민의 영향을 받아 모성적이고 유약했던 자신의 역할을 점점 축소하였고 남자다운 길을 가기로 결정했다.

"흥분과 안정" 내지는 "자율과 결속"이라는 양극적인 측면에서 볼 때 위의 세 커플들에게 외도는 대단히 위기의 사건으로 보인다. 곧 이들은 자신들의 관계 안에 잠재되어 있던 근본적인 불균형과 대면하게 되었다.

테오와 마리아의 경우에는 릴로의 등장이 안정감이라는 문제, 그리고 직장, 의무, 인습 안에서 경직된 그들의 관계에 미치는 삶의 활력, 창의성, 매혹이라는 문제를 제기하였다. 알프와 도로테아의 경우에는 미하엘의 등장이 도로테아로 하여금 딸의 입장에서 벗어나 성숙한 여자로 자율성을 찾아가도록 도와주었다. 리아와 토마스의 경우에는 아르민의 등장으로 그동안 유지해 온 관계의 형식이 엉망이 되었지만 후에 남자와 여자로서의 성별 특징이 심각하게 괴리되는 사태를 방지하였다.

결론적으로 외도라는 사건은 "배신을 당한 사람"과 "배신을 한 사람" 모두에게 그들의 관계를 위해 중요한 테마를 다시 생각하게 만들었다. 그럼으로써 커플들의 발전이 정체된 지점도 드러났다. 이들 커플이 앞으로 어떻게 될 것인지, 그들이 헤어지게 될지 아니면 새로운 방법을 찾을 것인지를 결정하는 것은 "안정"이라는 극점에서의 경직된 상태를 다시 풀어주기 위해서 그들이 이런 공동의 문제를 함께 찾아내는 데 달려 있다.

지배와
종속의
시소타기

아우구스투스 Y. 나피어는 지배와 종속의 관점에서 동등한 관계의 커플을 시소타기와 비교하였다. 시소타기는 시소가 움직일 때 재미가 있는 법이다. 먼저 한 사람이 올라가고 다음번에는 다른 사람이 올라가는 상호작용이 지속적으로 이루어져야 한다. 시소가 비스듬한 채로 정지되어 있다면 이 놀이의 흥미는 바로 사라진다. 그렇게 되면 한 사람은 계속 위에 있고, 다른 한 사람은 계속 아래에 있는 상황이 된다. 이런 경우 놀이를 계속할 수 없다. 왜냐하면 아무런 움직임도 생기지 않을 것이기 때문이다. 이처럼 "지배와 종속"의 양극성에서도 유동적인 균형을 잡는 것은 매우 중요하다. 두 파트너는 똑같이 어떤 일을 결정할 수 있고 다른 사람에게 영향을 미칠 수 있다는 느낌을 필요로 한다. 그러기 위해서는 상대방의 의견을 들어주고, 양보하고, 여러 상황으로 보아 의미 있고 필요하다고 여겨질 때는 상대방을 따를 수도 있는 마음가짐이 있어야 한다.

그런데 이런 조화로운 상호작용이 다양한 방식으로 방해를 받곤 한다. 예를 들어서 남자가 위에 있고 여자가 아래에 있거나 혹은 여자가 지배적이고 남자가 종속적이 되는 경우가 생긴다. 나피어는 이 문제를 "남성 지배적 커플"과 "여성 지배적 커플"로 나누어 언급하였다. 이런 커플들은 결국 불균형적인 관계로 살고 있다는 뜻이다. 그러니까 시소는 지금 비스듬히 기울어진 채로 멈춰서 있다.

균형이 파괴된 또다른 형태는 두 사람이 동시에 같은 일에 대해 지배적인 입장이 되기를 원하는 경우이다. 나피어는 이런 경우를 "대결 관계"라고 말했다. 이런 경우 대부분 힘 겨루기를 하게 된다. 결국 시소는 수평의 상태로 멈춰선다. 두 사람이 동시에 상대방을 아래로 내려가게 하려고 애쓰기 때문이다. 그러기 위해서는 많은 힘이 소모된다. 그럼에도 불구하고 움직임은 전혀 생기지 않는다.

정리를 해보자면 우선 서로 보완적인 위치에서 대립하고 있고 때문에 활기 있는 상호작용이 멈추어버린 ─ 한 사람은 오로지 지배만을 하고 다른 한 사람은 오로지 지배를 받기만 하는 ─ 커플이 있다. 두번째로 대칭 위치에서 대립하는 ─ 두 사람 모두 동시에 결정권을 가지려는 ─ 커플이 있다. 이 두 타입의 커플들은 모두 균형이 깨어진 상태이며 두 사람 사이에 어떤 조화나 타협도 불가능하다. 그 결과 이들의 관계는 경직되고 생동감을 잃게 된다.

이런 위기에서 문제의 핵심은 파트너들의 자기 가치 의식이다. "대결 커플"의 경우에 두 사람은 모두 강하고 지배적이어서 다른 사람의 영향을 받으려고 하지 않는다. 결국 이들의 적대적인 대결 후에는 무력감만 증가할 뿐이다. 왜냐하면 두 사람은 자신의 의견, 자신의 생각, 자신의 관심을 상대방이 중요하게 받아들인다는 느낌을 전혀 가질 수 없기 때문이다. 여성 지배적 내지는 남성 지배적 커플들의 경우에 소위 "하위"의 위치에 있는 사람도 똑같은 상황이 된다. 이런 사람도 모든 면에서 자신이 종속적이고, 아무런 영향력도 없고, 가치도 없다고 느끼게 된다. 이런 상황이 오래 될수록, 그리고 정도가 심해질수록 지배적인 사람도 똑같은 느낌을 받는다. 항상 위에 있는 사람은 자신의 주위에 아무도 없다는 느낌을 점점 강하게 갖는다. "아래에 있는 사람"은 "위에 있는 사람"을 ― 정도가 약하든 강하든 의식적으로 ― "시소의 위쪽에 있되 배고프고 외롭게" 만들기 때문이다. 다시 말하면 "아래에 있는 사람"은 스스로 너무나 유약하고 절망적이어서 "위에 있는 사람"이 더 이상 어떤 영향조차도 끼칠 수 없고 그 동안의 모든 노력이 헛수고가 되게 만든다는 뜻이다.

두 파트너들이 서로 극단적인 지배적 위치에서든 혹은 지배와 종속의 위치에서든 대립하고 있는 경우에는 원만한 관계를 방해하는 벽이 생기게 마련이다. 이처럼 잠재적이지만 이미 오랫동안 진행되어 온 위기들은 갑작스런 제3자의 등장으로 인해 수면 위로 떠오르게 된다. 다시 세 커플의 사례로 돌아가보자.

테오, 마리아 그리고 릴로

테오와 마리아는 과거에 격렬하게 싸운 적은 별로 없다고 해도 "대결 커플" 이라고 볼 수 있다. 두 사람은 각자 세월이 흐르면서 상대방이 들어올 수 없는 자신만의 보루를 만들었고 그것을 확고히 지켜나갔다. 여자는 집에서 — "내부적으로" — 모권을, 그리고 남자는 직장에서 — "외부적으로" — 부권을 구축해 나갔다. 그들은 각자 자신이 만들어놓은 보루 안에 틀어박혀서 다른 사람이 더 이상 들어오지 못하게 했다. 이것은 말하자면 먼 간격을 두고 벌어지는 아주 조용한, 그러나 "처절하고 심각한 대결" 인 것이다. 그러다가 때때로 특히 어떤 민감한 사안, 예를 들면 섹스 혹은 아이들과 관련한 일이 생기면 두 편 모두 심각한 손상을 입거나 새로운 상처를 입을 만큼 격렬한 충동이 일어난다. 그런 다음에는 다시 숨이 막힐 것 같은 정적이 오고, 그 안에서는 결코 서로가 입은 상처가 치유될 수 없다. 이런 상황 속에서 비록 아무도 깨닫지는 못하지만 이들의 관계는 세월이 갈수록 조금씩 병들고 느슨해져 간다.

테오의 경우에는 이런 상황에서 릴로라는 여자는 그가 기다리던 최고의 동지였다. 그녀와 함께 있으면서 테오는 전문인과 간부로서의 역할을 넘어서 한 남자로서, 한 인간으로서 자신의 존재를 다시 느낄 수 있었다. 릴로 곁에서 그는 자신이 다시 매력적인 남자임을 자각할 수 있었고 그녀가 자신을 경험자, 유복한 사람으로서 우러러보고 있다는 느낌을 즐길 수 있었다. 사실 이런 느낌은 마리아로부터는 이미 오래전부터 느껴보지 못한 것이었다. 그렇다고 해서 마리아가 비난하듯 주장한 것처럼 그가 "보잘것없고 형편없는 존재"에 의해 지나치게 열정적으로 숭배되고 있는 것은 아니었다. 왜냐하면 릴로 역시 대단히 강하고 독립적인 여성이기 때문이다. 테오는 그녀가 자신을 의지할 수 있고 자신이 그녀를 의지할 수 있는 것, 그리고 릴로를 통해 지금까지 알지 못했던 새로운 영역에서, 곧 섹스와 예술과 인생의 다른 측면에서 마리아와는 지금껏 불가능했던 것을 경험할 수 있다는 것이 기뻤다. 그는 마리아를 상대로 해서는 언제나 자신을 주장하고 합리화해야만 했다.

외도라는 사건이 테오를 단 한 번에 다시 우위의 위치에 올려다놓았다. 마리아는 큰 충격을 받았고 기껏해야 도덕적인 잣대로 보면 자신이 우위라는 생각으로 도피처를 삼았다. 테오도 과거에 자신을 자주 힘들게 했던 아내를 이겼다는 느낌을 때때로 즐겼던 것이 사실이다. 그러나 이렇게 차지한 우위의 자리가 그에게 즐거움만 가져다준 것은 아니다. 오히려 그 반대였다. 마리아는 먼저 테오에게 아주 혹독하게 죄책감을 느끼도록 만들었다. 이 커플과 만나면서 가장 중요한 일은 두 사람이 서로 흠집을 내고 그 상처를 감수하는 대결적인 싸움이 문제의 중요한 요인임을 이해하고 이런 싸움 때문에 그들이 얼마나 마멸되고 소진되었는지를 깨닫게 하는 것이었다. 결국 이런 힘 겨루기가 단순히 부차적인 현상이 아니라는 것이 분명해졌다. 여기서 문제가 되는 것은 두 사람이 상대방에게 관심을 보이고 상대방을 한 개인으로서 인정하기를 거부했다는 점이다. 이들이 상담 중에 이런 문제점을 깨닫게 되자 그들 사이의 힘 겨루기는 마침내 끝났고 비로소 원하는 소망과 동경들을 향해 조금씩 다가갈 수 있었다.

알프, 도로테아 그리고 미하엘

알프와 도로테아의 관계는 극단적인 "남성 지배적 커플"에 해당된다. 알프는 이 사실을 쉽게 인정하지 않았다. 왜냐하면 그의 지배적인 행동이란 사실 그 안을 들여다보면 도로테아를 잃을 것에 대한 두려움으로 인해 그녀에게 매달리고 있음을 표현하는 것이기 때문이다. 그는 이런 두려움을 인정하면서도 그 때문에 자신이 그녀에게 행사했던 권력과 간섭은 인정하지 않았다. 이런 일은 아주 흔하다. 극단적으로 지배적인 남성들은 과거에 어머니의 애정에 대해서 그랬듯이 지금도 여자의 애정에 대해 확신이 없기 때문에 자신의 온 힘을 동원하여 여자의 행동을 통제해야 하는 두려움 많고 유약한 소년에 불과하다. 때문에 그들의 행동은 강요적인 방식으로 나타나고 여성들은 그 뒤에 숨겨진 절망감을 예감하면서도 지배를 당하고 있다고 느낀다.

상담을 하면서 알프는 도로테아의 이야기에 귀를 기울이고 그녀의 의지와 그녀만의 공간을 존중하는 법을 배우기 위해 노력했다. 특히 미하엘이 등장하고 도로테아와 그와의 관계가 아직 플라토닉한 사랑에 머물러 있었을 때는 그러했다. 그런데 알프는 기본적으로 자신이 얼마나 독선적으로 자신의 의견, 욕구, 소망들을 주장하는지 전혀 깨닫지 못했다. 도로테아는 자신과 관련된 일을 스스로의 의지대로 했다는 느낌을 가져본 적이 거의 없었다. 언제나 모든 일이 결국은 알프가 원하는 대로 진행되었다. 마치 그의 권력이란 오로지 유일하게 남아 있는 마지막 금기사항에 의해서만 무너질 수 있을 것처럼 보였다. 그 마지막 금기사항이란 바로 도로테아의 성적인 외도였다.

도로테아가 마침내 이 경계선을 넘었을 때 그녀는 오히려 자유로움을 느꼈다. 이때 그녀에게 경계선으로서의 섹스 그 자체는 그다지 중요한 것이 아니었다. 그보다 훨씬 더 중요한 것은 그녀가 미하엘과 함께 있으면서 스스로 종속적이라는 느낌이 들지 않았다는 점, 그리고 같은 방향으로 함께 가고 있는 누군가를 발견했다는 점이었다. 도로테아는 그로부터 예전에 알프를 통해서는 전혀 불가능했던 방식으로 인정받고 있다는 느낌을 받았다. 알프는 그녀를 이상화시키지도 존중하지도 않았다. 또한 그녀는 알프로부터 원래 자신의 모습대로 인정되고 있다는 느낌도 받지 못했고 자신이 알프에게 진정한 영향을 미칠 수 있다고 느낀 적도 없었다. 먼 장래를 볼 때 도로테아가 미하엘과의 만남을 통해서 새롭게 직업적인 정체성을 찾았다는 점도 큰 의미가 있는 일이다.

토마스, 리아 그리고 아르민

"지배와 종속"이라는 측면에서 보면 리아와 토마스는 불균형적인, 곧 여성 지배적인 커플로 살고 있다. 그러나 이런 상황은 그들의 의도와 전혀 다르다. 그들은 부모들이 부권 중심적인 결혼생활을 했던 것과는 달리 자신들의 관계만큼은 최대한 동등해지기를 원했다. 그러나 토마스는 자신도 모르게 너무 많이 양보했고 리아보다 점점 더 하위의 위치로 전락하게 되었다. 도로테아의 경우와는 달리 토마스는 이런 상황이 마음에 들었다. 이들의 관계에서 불만족스러운 사람은 리아였다. 그녀는 자신의 중요도가 지나치게 높아지고 토마스가 단지 자신의 강한 모습에만 감탄하는 것이 불만이었다. 물론 그녀가 지치고 소진되어 집으로 돌아오면 토마스는 늘 그녀를 감동적으로 보살펴주었다. 그러나 이럴 때도 그는 마치 하인이 주인에게 하듯이 그녀를 대했다. 이제 그녀는 한번쯤 완전히 상대방의 손에 내맡겨지고 싶은 욕구가 강렬해졌다. 앞뒤 생각 없이 저돌적인 아르민의 과감한 방식이 바로 이러한 그녀의 욕구에 부합되었던 것이다. 더 정확하게 말하자면 리아는 자신이 토마스에게서 원하는 것이 무엇인지를 아르민과의 만남을 통해서 비로소 깨달았던 것이다.

이런 일은 흔하게 있다. 파트너들이 관계 안에 존재한 지 이미 오래된 문제를 외도를 통해 비로소 의식하게 되는 것이다. 그렇게 보면 외도란 관계의 존립 자체를 위협할 수 있다는 점을 제외하면 관계 안에 존재하는 문제들에 대해 생각해 볼 수 있는 커다란 기회가 될 수도 있다. 그러므로 "지배와 종속" 혹은 "결정하기와 결정에 따르기"
의 측면에서 외도란 두 사람 사이에 수년 간 존재해 왔던 불균형을
해소하려는 시도로 간주할 수 있다.

테오는 릴로와 함께 있으면서 "때로는 위에, 때로는 아래에 위치
하는 것", "여자를 리드하는 것", "파트너와 허물없이 지내는 것" 등
의 원만한 상호작용을 체험했다. 그리고 도로테아는 미하엘과의 관
계를 통해서 알프와 자신 사이의 일방적인 지배와 종속의 벽을 무너
뜨렸고 처음으로 동등한 파트너로서 인정받는 경험을 했다. 리아도
역시 아르민과의 섹스를 통해서 처음으로 자신이 주도적인 역할을
포기할 수 있으며 그렇게 해서 오히려 자신이 행복해질 수 있다는 것
을 체험했다. 다른 한편으로 토마스는 아르민으로부터 간접적인 영
향을 받아 훨씬 더 남성적인 모습으로 변했다. 결국 모든 커플들에서
삼각관계는 두 사람 관계에서 부족하고 결핍된 것을 분명하게 드러
내주었고 파트너들로 하여금 관계의 발전을 위해 중요한 과제와 대
면하게 했다.

기브 앤
테이크

외도를 주기(give)와 받기(take)의 측면에서 관찰하는 것은 삼각관계로 인해 생긴 활력이 미래를 위한 발전가능성을 제시한다는 것을 설명하는 또 하나의 방법이다. 베르트 헬링거는 주기와 받기의 활발한 상호작용이 행복한 커플이 되기 위한 근본적인 요소라고 보았다. 그래서 "커플의 행복은 주기와 받기의 균형적인 교류에 달려 있다"고 말했다. 그렇다면 이 말의 보다 더 구체적인 의미는 무엇일까? 한 사람이 무엇인가를 주면 그것을 받는 사람은 호감을 갖게 된다. 그러면 받은 사람은 호감에 대한 보상으로 자신도 무엇인가를 주고 싶다는 욕구를 느낀다. 그럼으로써 그는 다시 상대방에게 호감을 갖게 만들고 이런 호감은 다시금 무엇인가를 줌으로써 보상하려는 시도를 하게 만든다. 그렇게 파트너 사이에서 주기와 받기의 교환이 심도 있게 이루어지고 이런 관계가 오래될수록 그리고 교류가 많이 이루어질수록 진정한 친밀함이 형성된다.

헬링거는 이런 과정을 걷기와 비교했다. 우리가 앞으로 나아가기 위해서는 언제나 반복해서 발을 바꿔 균형을 옮겨주어야 한다. 마찬가지로 주기와 받기의 상호작용이 잘 이루어지는 커플은 관계 안에서 서로 번갈아가며 발전하게 된다. 만약 이런 발전이 한 편에서 더 이상 일어나지 않거나 한 사람이 주기와 받기를 거부하게 되면 관계는 균형을 잃는다. 만약 한 사람은 오직 주기만 하고 다른 사람은 오직 받기만 한다면 관계의 특성이 변질되고 만다. 한 사람의 일방적인 주기와 다른 사람의 일방적인 받기는 그들 사이에 일종의 부모 자식 간의 관계를 형성시킨다. 언제나 주기만 하는 여자는 남자에게 엄마와 같은 존재가 되고, 언제나 주기만 하는 남자는 여자에게 아버지와 같은 존재가 된다. 남녀 관계의 동등함은 결국 이렇게 사라지고 만다.

이런 과정에서 나빠진 상황을 다시 회복하려는 욕구가 생긴다. 항상 주기만 했던 사람은 필연적으로 이제는 자신도 받고 싶다는 욕구를 갖는다. 만약 이것이 자신의 파트너로부터 불가능하다면 제3자를 통해서라도 받고 싶다는 생각을 한다. 또 항상 받기만 했던 사람은 주기만 하는 사람에 대해 언제나 괴로운 채무자의 입장이 된다. 그리고는 그도 마침내 한번쯤은 줄 수 있기 위해서 그리고 더 이상 빚을 졌다고 느끼지 않기 위해서 제3자를 찾아가는 일이 생길 수 있다. 바로 이런 원리에서 삼각관계가 생길 수 있다. 결국 이런 측면에서 보는 삼각관계란 제3자를 통해 어떤 균형을 찾으려는 시도라고 볼 수 있다.

테오, 마리아 그리고 릴로

테오와 마리아 사이에서는 주기와 받기의 조화가 이루어지지 않았다. 마리아는 수년 동안 자신의 욕구는 전혀 고려하지 않고 오로지 주는 역할만 해왔다. 반대로 테오는 관계와 가정의 측면에서 주로 받는 사람이었다. 마리아는 자신의 직업적인 관심, 아니 자신의 거의 모든 생활을 테오와의 삶 속에서 포기하였다. 그녀의 숨겨진 소망은 개인적인 측면에서 테오로부터 그녀가 원하는 것을 돌려받는 것이다. 바로 사랑, 그리고 무엇보다도 인정받고 싶다는 소망이었다. 그러나 테오는 그녀의 요구가 무리라고 생각했다. 일에 대한 그의 열의는 자신의 개인적인 에너지를 모두 집어삼켰고 자신의 편에서 무엇인가를 주려는 그의 시도들 중 일부는 그다지 충실하지도 않았으며 일부는 마리아로부터 잘 받아들여지지 않았다.

마리아에게도 문제는 있었다. 그녀는 테오로부터 원하는 것을 받고 싶다는 소망이 있음에도 불구하고 자신이 생각했던 것과 꼭 맞지 않을 때는 그가 주는 것을 쉽게 받아들이지 못했다. 테오는 자신이 앞으로도 결코 마리아를 만족시키지 못할 것이라는 느낌이 들었으며 시간이 흐르면서 점점 시도조차도 포기하게 되었다. 그러나 마리아는 그를 위해서는 가능한 모든 일을 했고 언제나 그로부터 원하는 것을 되돌려받을 것이라는 무의식적인 희망 속에 다음주를 위해 새로운 속옷과 의상을 준비했다. 이와는 달리 테오는 채무자의 위치에서 벗어나는 것이 점점 더 힘들 것이라고 여겼다. 결국 마리아는 점점 더 과거 속의 엄마와 같은 역할로 전락하였고 테오는 점점 더 은혜를 모르는 소년이 되어갔다. 그는 이런 상황이 마음에 들지 않았기 때문에 스스로 거리를 두고 반대하는 입장을 취했고 그 과정에서 마리아와의 힘 겨루기가 연출되었다. 결국 테오는 릴로에 대한 사랑 속에서 경험 많고 아버지뻘의 남자친구로서 마침내 무엇인가를 줌으로써 누군가를 행복하게 만드는 사람들의 행복감을 얻을 수 있었다.

그러므로 여기서도 외도를 통해 주기와 받기의 균형을 찾으려는 시도가 벌어진 셈이었다. 외도가 주기와 받기의 일방적인 치우침을 해소하려는 움직임이었던 것이다. 그런데 언제나 주기만 했던 사람은 이런 시도를 잘 공감하지 못한다. 이런 사람은 스스로를 도덕적으로 정당하고 신의 있는 사람으로 믿고 있다. 때문에 다른 사람의 배신 행위는 대단히 뻔뻔하고 배은망덕하다고 생각한다. 이런 사람은 자신이 상대방을 끊임없이 부당하게 만들었고 그래서 상대방의 이런 반란이 사실은 이런 상황에서 벗어나려는 시도일 수도 있다는 생각은 꿈에도 하지 않는다. 마리아는 테오가 진보적으로 변했다는 것을 예감했을 때 계속해서 주기만 하는 일을 그만두어야 했다. 만약 그랬다면 이 커플의 사례는 전혀 다른 국면을 맞이했을 것이다. 이런 상황에서 주기만 하는 사람이 도덕적으로 유리한 자신의 위치를 고수하는 것은 관계의 본질을 파괴하는 일이다. 왜냐하면 이처럼 불균형적인 관계가 지속되면 동등한 파트너 관계가 부모 자식 간의 관계로 변질되기 때문이다. 만약 마리아가 계속해서 주는 일을 거부했더라면 테오는 이런 문제와 대면할 수 있는 적절한 기회를 갖게 되었을 것이다. 그랬다면 그는 어쩌면 자신과 마리아의 미몽을 흔들어 깨우기 위해 외도까지는 필요하지 않았을지도 모른다. 결국 늘 주기만 했던 사람의 의도는 좋았다고 해도 두 사람이 삼각관계로 되는 데는 크게 일조한 셈이다.

알프, 도로테아 그리고 미하엘

알프와 도로테아의 관계에서는 "지배와 종속"의 측면과는 반대되는 보완이 주기와 받기의 측면에서 존재하고 있었다. 곧 주로 도로테아가 주는 입장이었고 알프는 받는 입장이었다. 도로테아는 수년 동안 알프의 기대와 상상을 충족시키기 위해 희생적으로 노력해 왔다. 처음에는 그의 애제자로서, 그 다음에는 함께 낳은 아이들의 엄마로서 열심히 살아왔다. 그러나 이런 생활은 그녀로 하여금 자신이 점점 소진되어 가고 있고 자신을 위해 무엇인가 필요하다는 것을 깨닫게 했다. 그녀가 대학 공부를 다시 시작한 것은 이미 이런 불균형을 해소하기 위한 노력의 한 시도였다. 그녀는 받는 사람의 역할을 해보고 싶었다. 그러나 내가 노력해서 어떤 것을 얻는 것과 누군가로부터 그 냥 받는 것은 전혀 다른 일이었다.

알프는 주는 데 익숙한 사람이 아니었다. 그는 후원자의 역할을 하면서 자신이 기쁨을 느끼는 것이 놀랍기는 했지만 진정으로 다른 사람을 위하는 일은 할 수 없었다. 그는 도로테아의 이야기에 귀를 기울이는 것조차 너무나 힘들어하는 사람이었기 때문이다. 그녀가 무슨 이야기를 할 때면 그의 생각은 전혀 다른 곳에 가 있었다. 그런 시점에 미하엘은 도로테아의 이야기에 귀를 기울여주는 남자, 주 의를 기울여주는 남자, 그녀의 의견과 그녀의 생각을 진지하게 받아들여주는 남자가 되어주었다. 어느 순간 그녀는 이런 것 이 알프로부터 얻는 물질적인 안정과 외적인 풍족함보다 훨씬 더 중요하게 생각되었다. 하지만 이런 그녀를 이해하는 것이 알프에게는 대단히 힘들었다. 왜냐하면 자신의 시각에서는 그가 모든 것을 주는 사람이었기 때문이다. 그는 자신의 "주기"가 얼마나 자기 위주였는지, 결코 도로테아가 아니라 오직 자기 자신을 위한 것이었는지를 깨달을 수 있는 기회가 없었다.

리아, 토마스, 그리고 아르민
리아가 느끼는 강한 죄책감은 특히 주기와 받기의 측면에서 볼 때 이해될 만하다. 그들의 관계에서 늘 토마스가 주는 사람이었기 때문이다. 그는 리아를 위해 자신의 직업적인 욕심을 버렸다. 그는 리아의 모든 소망을 눈을 통해서만도 읽어낼 준비가 되어 있었다. 그런데 그녀가 아르민에게서 경험했던 섹스는 이런 모든 것을 뒤로할 만큼 그녀에게 대단히 중요했다. 바로 이런 점이 그녀가 스스로에게 엄격하게 유죄 판결을 내리는 이유이기도 하다. 그녀가 받은 교육에 따르면 섹스라는 것은 자신에게 그렇게 중요한 일이 전혀 아니었으며 자기가 아르민과 같은 남자를 상대할 만한 파트너가 전혀 아니라고 생각했을 것이다.

그런데 그녀가 미처 깨닫지 못했지만 상담을 통해서 비로소 밝혀진 사실이 있다. 그녀가 아르민에게 끌렸던 것은 그와는 남자와 여자의 차원에서 이야기를 할 수 있었다는 점이다. 사실 세월이 흐르면서 토마스와의 생활에서는 이런 차원의 대화가 사라져버렸다. 토마스는 그녀에게 사랑스러운 소년, 하인, 때로는 엄마와 같은 존재였다. 그는 리아에게 끝없이 많은 것을 주었지만 그것은 마치 엄마가 아이에게, 혹은 착한 아들이 어머니에게 하는 것과 같았다. 그러면서 그녀는 여자로서의 느낌을 잃어버리고 있었던 것이다. 이런 부족함을 메워준 사람이 아르민이었고 그로 인해 비로소 토마스와 리아 사이의 주고 받기에서 어떤 부분이 제대로 작동하지 않았는지를 알게 되었다.

"주기와 받기"라는 양극성을 살펴보는 것 역시 외도를 이해하는데 큰 도움이 될 수 있다. 이때 상황은 "흥분과 안정" 그리고 "지배와 종속" 등 다른 양극성의 경우와 비슷하다. 외도를 통해서 분명해지는 것은 단지 커플 관계에서 무엇이 결핍되어 있는가 하는 문제뿐만이 아니다. "배신을 한 사람"은 애인과의 사랑에 빠져 그 황홀함 속에서 그 동안 자신이 할 수 없을 것이라고 여겼던 것을 갑자기 해낼 수 있게 되었다. 예를 들어서 테오는 넘치도록 주는 사람으로서의 자신의 모습을 체험했고 릴로와 함께 있으면서 그 어느 때보다도 활력이 넘쳤으며 그녀에게는 자신의 모든 것을 털어놓을 수 있었다. 우리는 이런 비슷한 일들을 세 커플 중에서 사랑에 빠졌던 다른 "배신자"들로부터도 확인할 수 있었다.

이런 사실로 인해 흔히 두 가지 그릇된 추론이 등장할 수 있다. 첫 번째는 기존의 커플이 처한 나쁜 상황에 대한 탓을 파트너에게 돌리는 것이다. 그리하여 테오도 삼각관계의 초기에는 마리아를 매우 심하게 비난했었다. "우리가 이런저런 일로 항상 삐걱거리는 것은 모두 당신 탓이야. 왜냐하면 릴로와는 그런 일들이 전혀 문제없으니까 말이야!" 두 번째 그릇된 생각은 지금 애인과 소위 "잘 되고 있는 것"은 그저 자신의 능력이며 자신의 몫이라고 여기는 것이다. "배신을 한 사람"은 애인과의 관계 속에서 자신을 마치 새로운 사람이 된 것처럼 느낀다. 그러나 이런 외도 역시 오랜 시간 계속되고 어느 정도 일상적인 문제들과 부딪치게 되면 그가 결코 새로운 사람이 된 것이 아니라는 점이 금방 분명해진다. 예전의 문제들이 그대로 되돌아오게 마련이다.

불균형의 책임이 기존의 커플들에게만 있는 것은 아니다. "배신을 한 사람"도 자신이 책임질 몫이 있으며 새로운 관계에서도 역시 똑같은 문제와 대면하게 된다. 그렇게 테오도 비교적 짧은 시간이 흐른 뒤에 릴로와의 관계에서 처음처럼 그렇게 감정적이지 않은 자신을 느끼게 되었다. 그리고 결국 마리아와의 관계에서 그랬던 것처럼 릴로에게도 자신의 관심사를 털어놓는 일이 앞으로는 점점 어려워질 것이라는 사실을 깨달아야만 했다.

물론 언제나 그런 것은 아니다. 과거의 파트너와는 새롭고 만족스러운 균형을 찾는 일이 정말로 불가능했는데, 새로운 파트너와는 예전에 불가능해 보이던 새로운 시도가 가능해지기도 한다. 알프와의 관계에서 벗어나자마자 새롭게 시작된 도로테아의 삶이 이런 점을 분명하게 보여준다. 그러나 외도의 과정에서 갑자기 가능해진 일이 지속되지 못하는 경우도 흔히 있다. 당사자 스스로가 진지하게 노력해 보겠다는 동기가 없다면 이런 경험은 오히려 금방 다시 꺼지는 불씨와 같다. 바로 그런 이유 때문이라도 적절한 깨달음을 얻기도 전에 즉각적으로 외도를 중단하는 것 역시 부적절한 일이다.

이제 중요한 것은 지금까지의 설명으로 분명해진 삶의 문제들을 삼각관계에서 뚜렷이 알아내는 일이다. 두 사람의 신의와 관계에 관련되는 문제들도 파악해야 한다. 그런 다음에 이런 문제들에 대해 어떻게 반응하는가는 두 사람의 선택에 달려 있다. 만약 그들이 아무런 행동도 취하지 않는다면 그들이 함께 살고 있든 혹은 헤어지든 기회는 지나갔다. 왜냐하면 위기로 인한 충격이 지나가면 그들은 대부분 결국 다시 예전의 모습대로 계속 살아갈 것이기 때문이다. 예전의 파트너와 살든 혹은 새로운 파트너와 살든 말이다.

3 삼각관계와 커플 스토리

삼각관계에 대한 설명을 하면서 지금껏 우리의 시각은 과거의 커플 스토리와는 전혀 별개로 존재하는 듯 대부분 현재 시점에 초점을 맞추고 있었다. 물론 사실은 그렇지 않다. 앞서 소개된 각각의 상황들은 시간의 흐름과 더불어 형성되었고 과거의 특정한 사건과 경험들이 현재에 영향을 미쳤다. 만약 당시의 상황이 어떤 의미에서 외도를 하도록 부추겼다면 자연적으로 지금의 커플 상황과도 상관이 있음을 의미한다. 때문에 삼각관계에 대한 발전지향적 표현을 위해서도 과거의 커플 스토리에 관심을 기울이는 일은 유익할 것이다.

동시에 우리는 과거와 현재에 이르는 커플 스토리 안에서 "내적인 논리"를 찾을 수 있는데 이것은 다시 삼각관계 속으로 유입되기도 한다. 여기서도 우리의 관심사는 삼각관계에 처해 있는 당사자들의 미래와 발전의 측면을 알아보는 일이다. 그런데 상담가로서 나의 주요 관점은 기존 커플의 스토리에만 집중되어 있으며 제3자의 스토리는 비록 유사하게 중요하다고 해도 일단 관심사에서 제외시켰음을 밝혀둔다.

라이프
사이클

이제 나는 커플 스토리에 대한 이야기를 지금 그들이 서 있는 시점에서 시작하려고 한다. 라이프 사이클에서 커플의 현재 위치가 외도의 발생에 영향을 끼쳤기 때문이다. 라이프 사이클은 흔히 원형 혹은 나사 모양으로 진행되는 길로 표현된다. 라이프 사이클에서 나타나는 각각의 단계들은 소위 "위기적이지만 예측이 가능한 인생의 사건"들이다. 예를 들면 결혼, 아이의 출산, 아이의 입학, 갱년기, 아이의 독립, 퇴직, 죽음처럼 말이다. 이런 단계들 사이를 채우는 부분이 가정 내지는 커플 생활 속에서 거치게 되는 몇 가지 과정들이다. 이때 예측이 가능한 위기적 상황들은 가정의 일원들이 가진 잠재력을 특별한 방식으로 도전해 보는 새로운 전환점이 될 수 있다. 그리고 여기서 사용한 극복의 수단과 방법이 그 다음에 이어질 인생 단계의 상황을 근본적으로 결정한다. 만약 예측이 가능한 일과 더불어서 갑작스러운 질병, 사고, 죽음, 혹은 우리의 경우에서처럼 외도와 같은 예측 불가능한 일이 닥치게 되면 가정이나 커플은 더 강한 잠재력을 요구받고, 흔히 그 강도가 너무 세서 인생의 균형을 잃고 외부인의 도움을 받아야 하는 상황에 이르곤 한다. 우리의 세 커플들에게서도 이런 경향이 분명히 드러나고 있다.

테오, 마리아, 그리고 릴로

테오와 마리아는 이미 인생의 중반을 넘어선 커플이다. 마리아의 경우에는 라이프 사이클 상으로 생길 수 있는 위기 상황이 분명하게 느껴진다. 테오의 경우에는 상황이 조금 낫다. 그는 직업적으로 최고의 위치에 있고 한 남자가 그의 나이에서 소망할 수 있는 모든 것을 가졌기 때문이다. 그러나 동시에 그는 이런 상황에 처한 많은 남성들처럼 여러 가지 측면에서 최고의 시기가 지나갔다고 여기고 있다. 성공의 대로에서도 그는 거의 마지막 지점에 와 있으며 이미 살아버린 날이 앞으로 살 날보다 훨씬 더 많다. 그 외에도 그는 최근 몇 년 간 언제나 건재한 자신의 성과에도 불구하고 육체적으로 정신적으로 한계를 느끼고 있었다. 마리아와의 관계는 심각하게 건조해졌다. 예전에는 아이들이라도 가끔 그를 필요로 할 때가 있었다. 예를 들어 학교 숙제를 위해서라도 말이다. 그러나 지금은 가족들 누구도 그를 더 이상 필요로 하지 않고, 아이들과의 접촉도 현저히 줄어들었다. 그는 누구하고라도 개인적인 접촉을 할 일이 거의 없게 되었다. 그에게 일이 없는 미래란 솔직히 비참하고 황량하게 상상될 뿐이었다. 이런 상황에서 그는 릴로와의 사랑을 경험하게 되었고 제2의 청년기를 맞이한 듯했다. 예전에는 전혀 혹은 거의 해보지 못했던 모든 일들이 다시 가능한 것처럼 여겨졌다.

테오와 같은 남성들은 흔히 나이듦에 대해 고민을 하고 있다. 그들이 자신의 삶을 능력이나 일과 별개의 것으로 이해하면 할수록 이런 성취 능력이 막바지에 이르렀음이 보일 때 느끼는 위기감은 더욱 심각해진다. 그들은 젊은 애인이 나이라는 유령을 멀리 내쫓아주기라도 하는 듯한 착각에 빠진다. 이것이 바로 여러 남성들이 그런 사랑을 위해 가정을 뛰쳐나오는 가장 중요한 이유이다. 애인과 함께 있으면 영원한 청년에 대한 환상이 실현되고, 나이라는 유령도 멀리 사라진 것처럼 보인다.

마리아로서는 테오로 인해 파트너의 외도라는 위기를 겪는 것이 특히나 힘들었다. 왜냐하면 그녀 또한 라이프 사이클 상으로 나이듦의 문제와 직면해 있었고 더구나 테오보다 훨씬 더 직접적이고 강렬한 충격을 받고 있었기 때문이다. 50이 넘은 여자로 그녀는 도저히 매력적인 릴로와 — 그녀가 그렸던 그림을 기억해 보라 — 어떤 방식으로도 경쟁을 할 수가 없었다. 지금까지 그녀의 인생에서 유일한 의미였던 아이들은 더 이상 그녀를 필요로 하지 않았고 직업적으로 다시 교사라는 위치에 복귀하기에는 자신감이 부족했다. 마리아와 같은 여성들은 같은 나이의 남성들에 비해서 확실히 불리한 위치에 있다. 직업적으로나 매력과 아름다움에 관한 일반적인 평가와 관련해서나 현실이 그러하다. 때문에 외도라는 상황은 그녀에게 특히 치명적인 상처가 되었다. 그래서 그녀가 이해받고 있다고 느끼기 위해서, 그리고 공동의 해결을 거부하고 자신 속에 숨어서 도덕적인 보호망 속으로 도피하지 않기 위해서는 상담자와 더 많은 공감이 필요하다. 실제로 그녀는 자신의 가능성을 객관적으로 불리한 정도를 넘어 훨씬 더 부정적으로 평가하고 있다. 요즘에는 그녀와 같은 또래의 여성들도 직업적인 자기 실현을 위해 새로운 가능성을 펼쳐가는 경우가 계속 증가하는 추세이다.

사실은 마리아도 자신이 그렸던 그림처럼 늘 저 뒤편에 서 있는 꼭두각시는 아니었다. 그녀가 자신의 가치를 다시 강하게 느끼게 되자 더 이상 희생자 혹은 피해자의 역할 속에 빠져 있지 않고 자신의 상황을 50세의 여성으로서 새롭게 정리하기로 결정하였다. 그녀는 일종의 기회로 일시적인 헤어짐을 가져보기로 스스로 결정하였고 직업적으로도 새로운 방향을 모색해 보기로 하였다.

이런 시점에서 그녀는 한 지인에게 보내는 편지에 이렇게 썼다. "마치 나의 생명수가, 아마도 넘쳐흐르도록 너무 많기는 했지만 유용하게 이용되면서 남편을 향해 흘러갔던 생명수가 이제는 그로부터 거부를 당해 많고 많은 층계들을 지나 저 아래 아주 깊은 곳으로 흘러내리고 있는 것 같은 생각이 든다. 그런 생각이 나를 너무 아프게 한다. 이제 나는 내 자신이 원하던 것과 다르게 살았던 삶이 지속적으로 좋은 결과를 가져올 수 없다는 것을 깨달았다. 나는 내 자신에 대한 사랑을 발견하였고, 50대의 여성이 할 수 있는 의미 있는 일을 계획하고 있다. 그리고 헤어져 지내면서 나름대로 인생에서 중요한 발전을 경험하고 있는 남편과의 사랑을 지킬 것이며 많은 어려움에도 불구하고 그의 사랑이 나의 불꽃임을 느낀다." 결국 마리아는 외도를 통해 테오가 근본적으로 발전했음을 확인할 수 있었고 자신이 가지고 있는 그에 대한 오랜 사랑의 불꽃을 다시 발견할 수 있었다. 외도라는 사건이 마치 신선한 바람처럼 그 동안 세월이 흐르면서 불꽃 위에서 모아졌던 재들을 깨끗이 쓸어내준 것 같았다.

마리아의 이런 새로운 출발은 물론 테오가 릴로와의 관계에 대한 환상을 조금씩 꿰뚫어볼 수 있게 된 사실도 큰 도움이 되었다. 이 젊은 여성이 일깨워준 자기 가치 의식 덕택에 테오는 그런 관계를 통해서 자신이 실제로 더 젊어지거나 "완전히 새로운 삶"을 시작할 수 있는 것은 아니라는 점을 분명히 알게 되었다. 그는 또한 성적인 관심의 회복도 지금까지 자신의 소극적인 인생을 진정으로 폭넓게 만들지는 못했다는 점도 인정하였다. 그는 자신에게 목표 지향적인 성취력 외에 유쾌하고 창의적인 부분이 더 필요했으며 그것은 다른 누구도 아닌 자신의 책임이었고 의무였다는 것을 깨달았다. 그리고 이런 과제를 다른 사람들이 흔히 하듯이 애인에게 떠넘겨서 새로운 형태의 착취가 일어나도록 할 수는 없다고 생각했다. 이제 테오의 인생에서는 우선 순위가 바뀌었다. 릴로는 단지 아주 적기에, 곧 그가 나이 듦의 문턱을 넘어서기 직전에 등장했기 때문에 여러 가지 도전을 가능하게 했으며, 사실 이런 길을 그와 함께 동행할 사람은 아니라는 현실이 점점 확실하게 드러났다.

외도라는 사건을 통해 "필연적으로 나타난" 이런 양측의 새로운 출발, 바깥 세상을 향한 마리아의 출발, 그리고 가정 내부에서의 인생을 위한 테오의 출발은 일시적인 헤어짐에도 불구하고 두 사람을 다시 가깝게 만들어주었다. 그리고 마리아가 말한 것처럼 성적으로도 관심과 열정이 되살아났다. 이와 달리 릴로와의 관계는 서서히 뒤편으로 밀려나게 되었다.

알프, 도로테아 그리고 미하엘

알프와 도로테아의 경우도 라이프 사이클을 통해 삼각관계의 새로운 면을 볼 수 있다. 오랜 세월 동안 20년이라는 알프와의 나이 차는 도로테아에게 아무런 문제가 되지 않았다. 그런데 미하엘과 만나면서 그녀는 알프가 자신과 전혀 다른 세대의 사람이라는 것을 비로소 깨달았다. 그는 이미 결혼한 경험이 있었고 직업적으로는 최고의 자리에 도달해 있었다. 반면에 그녀는 여러 가지 면에서 이제 겨우 시작 단계에 있었다. 이런 생각에 이르자 그녀가 이미 가지고 있었던 부조화의 감정이 갑자기 당연한 것으로 느껴졌다. 부모와 함께 지내던 그녀는 다른 경험 없이 바로 결혼생활을 시작했다. 직업적으로나 남녀 관계에서 그 어떤 시도나 시험의 단계를 체험하지 못했다.

또래의 미하엘과 함께 있으면서 그녀는 비로소 크고 깊은 공감대를 경험했다. 그것은 이들이 특히나 라이프 사이클에서 동일한 위치에 있었기 때문이다. 여기서 라이프 사이클에서의 동시성과 비동시성이 갖는 의미가 분명해진다. 너무 현저한 차이점이 있는 커플은 극복할 수 없는 낯설음을 만들 수 있다. 단지 이런 문제가 사랑에 막 빠진 황홀함의 시기에는 흔히 대단치 않은 것으로 무시되곤 한다. 알프가 이미 중년의 시기에 들어선 반면에 도로테아는 아직 ― 나이의 문제가 아니라 성장의 의미에서 ― 성장 가정으로부터 독립하는 과정을 겪고 있었다. 알프로서는 이런 차이점을 받아들이는 것이 대단히 힘들었고 큰 상처를 입었다. 도로테아의 곁에 젊은 남자가 나타났을 때 그는 자신이 마치 늙은 당나귀처럼 내동댕이쳐진 노인이 된 것 같았다. 만약 배신을 당한 사람에게 나이듦의 문제가 추가된다면 외도는 특히 더 치명적인 사건이 된다. 때문에 이런 경우는 나이가 든 사람에게도 얼마든지 기회가 있다는 새로운 시각을 갖는 일이 매우 중요하다. 알프로서는 이런 생각을 갖는 일이 성공한 것처럼 보이지 않았다. 그 대신 그가 얼마간의 시간이 흐른 뒤에 분노와 슬픔을 아주 새로운 방식으로 자신의 직업에 쏟는 것이 눈에 띄었다. 이런 과정에서 도로테아가 그 동안 전혀 알지 못했던 알프의 자발성이 새로이 개발되었고 창의성도 증가했다. 결국 모든 상처와 아픔에도 불구하고 이런 상황이 그에게도 도움이 된 것처럼 보였다. 또한 도로테아가 미하엘과 관계를 가진 것이 스스로 인정하지는 않지만 그에게도 일종의 해방감을 주는 역할을 했던 것 같다.

토마스, 리아 그리고 아르민

토마스와 리아의 경우에는 이들이 함께 생활하면서 가장 중요한 시기, 곧 아이가 생기기 전의 삶을 진정으로 누리지 못했다는 점이 라이프 사이클의 관찰을 통해 드러났다. 그들은 오랫동안 아이가 없었다. 그러나 빠른 시간 안에 정착되어 버린 "하인" 역할의 토마스, "공주" 역할의 리아 사이의 불균형적인 관계는 이런 시기를 성적인 관계의 발전을 위해 활용할 수 없게 만들었다. 리아는 테오를 때로는 자신을 인정해 주고 자신에게 감탄하는 순진한 소년으로, 때로는 그녀를 보살펴주는 자상한 엄마로 느꼈다. 이런 느낌대로 그녀는 테오와 함께 있으면서 자신이 강한 엄마 혹은 보살핌을 받는 아이가 되는 듯했다. 그리하여 이들 사이에는 따뜻한 신뢰는 있을지언정 긴장감은 거의 없었다. 그들은 서로에게 엄마와 아이와 같은 존재였고 걱정 없고 활기찬 젊은 시절의 한때를 제대로 즐기지 못했다. 그리고 아이가 태어났을 때는 이런 경향이 더욱 강해졌다. 우리는 라이프 사이클에서 거치는 각 단계들을 단지 무사히 뛰어넘어 통과하는 것이 중요한 것이 아니라 제대로 경험하고 느끼는 것이 필요하다. 만약 그렇지 않으면 각각의 단계들은 나중에라도 흔히 "부적절한" 시기에 영향력을 행사하려고 한다.

함께 교육을 받는 예외적인 환경과 저돌적인 아르민의 태도로 인해 리아와 토마스가 뛰어넘었던 단계가 극적으로 다시 제 영향력을 찾게 되었다. 리아는 아르민과 함께 있을 때는 토마스와 감히 해보지 않았던 많은 것들을 해볼 수 있었다. 그녀가 제대로 경험하지 못했던 삶의 시기를 여기서 다시 온전히 체험할 수 있었던 것이다.

이처럼 라이프 사이클의 측면에서 보는 외도란 언제나 사라져간 시간과 관련하여 살아보지 못한 삶을 다시 찾으려는 시도이다. 라이프 사이클에서 중요한 한 단계가 빠졌거나 혹은 제대로 충분히 경험하지 않았을 경우에 외도가 흔히 이런 단계로 다시 돌아가려는 시도로 해석될 수 있다. 이런 시도는 당사자들에게 도움이 될 수 있고 지금까지 해소되지 않은 욕구들을 마침내 충족시킬 수 있다. 또한 외도에서의 성적인 체험은 한 사람이 과거에 전혀 경험하지 못했고 앞으로도 더 이상 경험할 필요가 없는 것을 가르쳐주고, 남자로서 혹은 여자로서의 자기 자신을 발견할 수 있게 해준다. 실제로 이런 경험이 기존의 관계에서 활용할 수 없고 여전히 과거의 상태로 머문다고 해도 당사자에게 매우 유용할 수 있다. 경험한 것을 적용하는 데는 적절한 시기를 놓치지 않는 것이 중요하다. 그런데 바로 이런 경우들이 흔히 생긴다. "배신을 한 사람"은 외도를 통해 경험한 것을 실제 생활과 거리를 둔다. 그리고 그 때문에 외도를 통해 얻을 수 있는 이점이 사라진다. 그 결과 외도로 인해 생길 수 있는 "만회"의 기회가 파괴적인 영향을 끼치는 환상적인 집착에 머물고 만다.

그 밖에도 외도를 통한 소위 "만회"는 커플에게 부담스럽고 위협적인 과정이 될 수 있다. 그 이유는 이미 언급한 바와 같이 '배신을 당한' 파트너는 관계 자체가 깨질 만큼 치명적인 상처를 입기 때문이다. 물론 마리아의 사례가 보여주듯이 사건이 전혀 다르게 진행될 수도 있다. 곧 상처를 입은 사람이 아픔에도 불구하고 "살아보지 못한 인생의 만회"라는 테마를 적극적으로 받아들이고 이것을 자신의 인생을 위한 도전으로 받아들일 수도 있다.

이런 도전이 리아와 토마스의 경우에도 바람직하게 성공하였다. 토마스는 자신이 아르민으로부터 느꼈던 도전을 받아들이고 리아가 스스로 아르민과의 관계를 좋은 감정으로 끝내도록 그 스스로 노력했다. 외도를 통해 경험했던 것들이 그들의 관계에서 새롭게 활용되었던 것이다.

상처투성이의
커플 스토리

라이프 사이클의 측면은 커플이 지금 도달해 있는 현재의
위치를 살피는 반면, 커플 스토리의 측면은 두 사람이 커플이 된 순
간부터 지금까지의 모든 시간과 상관이 있다. 삼각관계에 대한 발전
지향적인 표현 방식에서는 커플의 지난 시간들이 거의 언제나 중요
한 의미를 지니고 있다.

상처로 가득 찬 창고

외도란 상호간의 상처가 만든 긴 사슬의 결과이며 동시에 결론이
라고 말할 수 있다. 그리고 이런 상처가 커플의 사랑을 대단히 소모
시켰을 것이다. 테오와 마리아의 경우도 그러했다. 이 커플의 스토

리를 쫓아가다 보니 테오는 두 가지 일 때문에 특히 깊은 상처를 입었고 아픔을 느꼈음이 드러났다. 그러나 이런 일에 대해 대화가 전혀 없었다. 한 가지는 언젠가 마리아가 했던 이야기로, 잠자리를 같이할 때 그는 기본적으로 스스로 만족하는 데만 관심이 있다고 한 말이었다. 다른 한 가지는 마리아가 그를 점점 더 그녀의 인생과 아이들의 인생 안으로 들어오지 못하도록 경계선을 긋고 있다는 점이었다. 이런 일로 그는 큰 상처를 받았고 그녀가 실제로 그를 소외시키는 모든 상황들을 아주 생생하게 마음속에 담아두고 있었다. 그렇지만 테오는 자신의 이런 상처에 대해 결코 직접 이야기하지는 않았다.

마리아 입장에서는 그 두 가지 일, 곧 성적인 소극성과 공동의 생활에서 그를 소외시키는 일 모두가 테오에 대한 일종의 반작용이었다. 그녀는 테오를 위해 자신이 해온 모든 일이 덧없어져 버린 것이 실망스러웠다. 테오가 자신의 애정을 그저 직장에 더 많은 힘을 쏟아 넣기 위해 이용했다고 여겼으며 그녀 또한 수없이 많은 상처들로 가득 찬 창고가 생겼고 얼마나 자주 테오가 그녀의 욕구들을 무시했는지 반복해서 상기하곤 한다. 그녀 역시 이런 점에 대해 한 번도 그와 이야기를 나누어 본 적이 없었다. 이런 지속적인 상처의 배경에는 릴로와의 관계가 두 사람을 서로 다른 길에서 표류하게 한 일과도 중요한 관련이 있다.

이와 동시에 여기에는 전환을 위한 새로운 시작의 가능성도 들어 있다. 외도는 이런 상처들로 이어진 끝없는 사슬을 처음으로 눈에 보이게 만들었다. 수년 동안 폐쇄되어 있던 통로가 열린 것이다. 두 사람은 자신들이 서로에게 어떤 아픔을 만들었는지 표현할 수 있게 되었다. 그리고 이런 아픔과 연관된 모든 감정들에 대해서 이야기할 수 있게 되었다. 처음에는 이런 대화가 서로에 대한 격렬한 비난으로 시작되었지만 그 다음에는 이해와 회복의 형태로 이어졌다.

서로의 상처를 공개하고 그것에 대해 대화를 하는 것은 커플 상담에서 외도라는 사건보다 훨씬 더 중요한 일이다. 이제야 비로소 이들의 관계에서 무엇이 타들어가고 있는지가 분명해졌다. 외도는 그렇게 이미 오래전부터 계속되고 있는 연소작용의 불꽃으로 눈에 띄게 되었을 뿐이다. 서로의 상처에 대한 논쟁은 두 가지 결과를 가져올 수 있다. 한 가지는 상호간의 이해, 인정 그리고 용서이다. 예를 들어서 테오와 마리아의 경우에는 새로운 시작을 가능하게 하는 신선한 친밀감을 갖게 되었다. 그 외에 나타날 수 있는 또 하나의 결과는 한 사람 혹은 두 사람 모두가 이제 그들의 사랑이 상처라는 재 밑에서 세월이 흐르면서 결국 꺼져버렸다는 것을 확인하는 일이다. 이런 경우에는 헤어짐의 과정이 따르게 된다.

무언의 협약

외도는 원래부터 두 사람 사이에 존재했던 "무언의 협약"을 분명하게 해준다. 여기서 말하는 "협약"이란 초기에 서로 구체적으로 동의한 내용을 말하는 것이 아니라, 두 사람이 무의식적으로 "서로에게 걸어놓은 것"을 의미한다. 이런 협약은 당연히 두 사람의 채워지지 않은 욕구나 동경들과 부합된다. 예를 들어서 도로테아와 알프의 관계에서 중요한 역할을 했던 무언의 협약은 다음과 같은 방식으로 나타낼 수 있다.

알프의 입장에서는 이렇다. "나는 너(도로테아)를 부모가 있는 가정에서 벗어나게 해준다. 그 대신에 너는 나의 이상형이 되어준다."

도로테아의 입장에서는 이렇다. "나는 너에게 이상형이 되어준다. 그리고 이에 대해 너는 나를 집에서 벗어나게 해준다."

이런 무언의 관계 협약은 커플의 상호작용에 영향을 미치는 경우가 자주 있다. 도로테아는 알프가 그녀에 대해 가지고 있었던 직업적인 기대를 무너뜨리고 엄마가 됨으로써 바로 이런 협약에서 벗어나기 위해 애썼다. 하지만 엄마가 된 그녀는 또다른 방식으로 협약의 조건에 순응하고 있었다. 그녀는 모든 면에서 알프의 이상을 실현시키고 자신의 인생을 포기하기 위해 노력했다. 미하엘과의 관계가 비로소 그녀에게 올바른 눈을 뜨게 해주었다. 그녀는 자신이 알프의 이상형에도 부합되지 않고, 알프가 아버지와의 연결고리를 대신 끊어줄 수도 없다는 것을 알게 되었다. 오히려 그녀는 알프와 함께 살면서 아버지와의 관계를 반복하고 있었다. 외도라는 경험을 통해서 그녀는 드러나지 않게 알프와 체결되어 있던 무언의 협약을 해지했다. 그런 과정에서 알프와의 관계는 해체되어야 했고, 이 경우에는 아이들과의 헤어짐도 감수해야 하는 고통스러운 결과가 따랐다.

커플 유토피아의 환상

외도는 원래부터 간직되어 온 커플의 이상, 즉 "커플 유토피아"가 깨어진 것에 대한 실망의 반응일 수도 있다. 사랑에 빠진 두 사람은 언제나 커플로서 자기 자신과 상대에 대한 미래상을, 곧 공통의 "커플 유토피아"를 갖게 마련이다. 이런 유토피아의 환상이 커플들로 하여금 함께 노력하도록 동기를 부여한다. 한편으로 이런 유토피아는 인정과 욕구에 대한 희망과 꿈을 포함하고 있다. 그것도 성인들의 파트너십과 관련하여 대단히 비현실적이며 성장 가정에서 기인한 문제들과도 연관성이 있는 희망과 꿈을 말이다. 다른 한편으로 이런 유토피아에는 행복한 관계를 위한 최고의 가능성과 중요한 원천이 들어 있다. 사실 커플의 유토피아는 커플 스토리가 진행되면서 변해야 하고, 정화되어야 하고, 현실적이 되어야 한다. 그리고 과거에 그들이 공유했던 유토피아의 이야기를 들춰내는 것은 커플들에게 언제나 새로운 자극제가 되어준다. 나는 커플의 유토피아에 대한 질문이 대화의 분위기를 완전히 변화시키는 것을 자주 경험하였다. 두 파트너들이 최초의 유토피아에 대해 이야기하는 동안에는 어느새 험악했던 분위기가 사라지고 그들의 눈이 반짝이기 시작한다. 이런 분위기 속에서 그들은 지금 처해 있는 어려움 때문에 보이지 않았던 서로의 긍정적인 면들을 여기저기서 서로 발견하기 시작한다.

예전에 토마스와 리아는 함께 노력하는 커플이었다. 왜냐하면 그들에게는 서로에 대한 비전이, 곧 답답할 정도로 관습적인 부모들의 생활방식과는 다른 하나의 대안을 마련한다는 소망이 있었기 때문이다. 활기, 친밀감, 융통성 있는 역할 분담, 비관습적인 생활 방식. 바로 이런 것들이 그들이 미래와 연관시켜 가졌던 희망들이었다. 토마스와 리아는 실제로는 이런 소망들을 의식하지 못한 채 살아왔다. 결국 이들은 머지않아 부모들과 마찬가지로 지극히 관습적이고 진부한 삶을 살 것이고 단지 남녀 역할만이 바뀌게 될 것이다. 곧 전통적인 남성 역할은 여성인 리아에게, 전통적인 여성 역할은 남성인 토마스에게 맡겨졌다는 것만이 다를 뿐이다. 두 사람은 인정하지 않지만 특히 리아의 불만은 점점 늘어갔다. 이렇게 보면 그녀의 가출은 처음에 공유했던 유토피아가 깨어진 것에 대한 저항이었다. 아르민과의 관계를 통해서 그녀는 자신이 과거에 토마스와 어떤 소망을 가지고 시작했었고 지금의 결과는 어떠한지를 다시 생각하게 되었다. 그녀는 아르민을 결코 지속적인 파트너로 생각해 본 적이 없기 때문에 자신이 아르민과 함께 경험했던 생기와 활력을 사실은 토마스와 함께 느낄 수 있기를 원했다. 그녀는 실제로 아르민보다는 토마스와 훨씬 더 많이 내적으로 연결되어 있다고 여겼다.

그러므로 외도의 과정에서 커플은 처음에 가졌던 그들만의 유토피아를 다시 떠올리게 된다. "그것이 바로 내가 너에게 원했던 거야." 혹은 "그것이 바로 너와 함께 체험할 수 있기를 바랐던 거야"라고 말이다. 결국 파트너의 애인이 일종의 촉매제 역할을 하여 처음에 커플이 지녔던 잠재력이 다시 발휘될 수도 있다. 만약 서로에 대한 실망이 너무 많이 쌓여 있는 것이 아니라면 이런 잠재력이 리아와 토마스의 경우처럼 새로운 출발을 가능하게 할 수 있다.

커플의
단계별 변화

커플 관계의 위기를 내적인 의미에서 이해하기 위해서는 라이프 사이클과 커플 스토리의 구체적인 사건들 외에 커플 관계의 발전과 관련된 객관적인 측면을 함께 알아보는 일이 필요하다. 우리가 이미 앞에서 다루었던 "결속과 자율"이라는 양극성의 측면에서 볼 때 커플 관계의 발전은 전형적인 단계들의 진행 과정으로 볼 수 있다. 이런 단계들은 커플이 생활을 계속하면서 "결속"과 "자율"이라는 극점들 사이에서 이루어지는 일종의 진자운동에서부터 생겨난다. 파트너들은 두 극점에 도달하기 위해 노력한다. 왜냐하면 이 극점들이 중심적인 욕구와 기대에 부합되기 때문이다. 그러나 이 두 극점은 서로 조화를 이루기가 힘든 것처럼 보인다. 결속이라는 극점에서는 각 개인이 자아를 상실할 수 있는 위험이 있고 바로 이런 위험성 때문에 또 다른 극점인 자율이라는 방향을 향해 가는 동기가 된다. 자율이라는 극점에서는 다시 상대방, 곧 파트너의 상실이라는 위험이 도사리고 있다. 그리고 이런 위험이 다시 결속이라는 극점으로 움직이게 하는 충분한 이유가 된다.

이러한 진자운동의 최종 목적과 의미는 아마도 결속과 자율의 합성에 있을 것이다. 다시 말하면 두 파트너가 결속이라는 극점에 있을 때도 자율성을 느낄 수 있고, 자율이라는 극점에 있을 때도 상대방과의 연대감을 느낄 수 있는 상태가 되는 것이다.

이런 작용은 단순한 진자운동이 아니라 나선형운동이라고 표현하는 것이 더 적절하다. 커플은 결속과 자율이라는 극점들을 반복적으로 오가지만 그때마다 새롭고 "더 높은" 차원으로, 곧 서로 점점 더 가까워지고 일종의 통합에 이르는 차원으로 가기 때문이다. 이런 과정에서 결속과 자율 사이의 대립은 미성숙한 단계에서 가장 커진다. 미성숙한 단계에서 결속은 구속으로 나타나고, 자율은 "어떤 대상과의 거리 두기" 혹은 "어떤 대상을 경계하는 거리 두기"로 나타난다. 그리고 성숙한 단계에서는 결속과 자율의 대립이 최소화된다. 이때 결속과 자율은 한 가지 기본 자세의 두 측면으로 나타난다.

커플 관계란 처음에는 미성숙한 관계의 많은 요소들을 지니고 있게 마련이며, 발전의 단계상 훨씬 더 이전의 단계에 속하는 미해결된 문제들이 이런 요소가 된다고 생각한다. 때문에 커플 관계란 처음에는 흔히 부모 자식의 관계가 가진 다양한 면들을 포함하고 있고 이런 면들이 관계가 발전하면서 극복되고 승화된다. 관계의 발전 과정은 다음에 소개되는 다섯 가지의 특징적인 단계들로 구분할 수 있다. 이 단계들은 파트너십이 지속될수록 나선형운동 속에서 다양한 차원으로 반복된다.

융화의 단계

이 단계에서 두 사람은 결속이라는 극점에 있다. 이들의 관계는 공생적인 성격을 강하게 띠고 있다. 이들은 서로에게 부모 자식 간의 관계에서 생길 만한 수많은 기대들을 가지고 있다. 예를 들어서 남자는 여자에게 아내와 좋은 엄마로서의 기대가 있고, 여자는 남자에게 남편과 좋은 아버지로서의 기대감을 지니고 있다. 이런 단계는 두 사람이 사랑에 빠진 시점에서 전형적으로 나타난다. 이때 자아의 경계가 사라지고 커플은 하나라고 느낀다.

저항의 단계

이 단계에서는 커플 중 한 사람 혹은 두 사람 모두가 "결속"이라는 극점에서 멀어지기 시작한다. 더 많은 자율성을 원하는 욕구가 밀려들기 때문이다. 개인의 발전 단계에서 나타나는 저항의 단계와 유사하게 자율성을 얻기 위한 이러한 시도는 "저항의 심리" 속에서 이루어진다. 이제 상대방은 더 이상 보완적인 존재가 아니며 점점 거추장

스러운 존재가 된다. 관계 안에는 눈에 보이는 혹은 보이지 않는 갈등의 요소들이 존재한다. 두 사람은 공개적으로 혹은 비밀스럽게 서로 대결하기 시작한다. 첫번째 단계에서는 커플이 서로 이상화되었다면, 이제는 서로를 저주하고 깎아내리기 시작한다. 그리고 첫번째 단계에서 서로에게 가졌던 기대들이 아이가 좋은 부모에게 가졌던 그런 기대였다면, 이제는 "나쁜 부모"에게 반항하는 아이처럼 서로 싸우고 있다. 예를 들면 이제 여자는 남자에게 자식을 자유롭게 놓아주지 않는 엄마와 같은 존재가 되었고, 남자는 여자에게 거부적이고 지나치게 지배적인 아버지와 같은 존재가 되었다. 그러나 이런 상황 자체가 이들이 결코 서로에게서 떨어져 있는 것이 아니라 여전히 강하게 공생적인 관계로 매여 있다는 것을 암시해 주고 있다. 단 여기에는 부정적인 의미가 들어 있다. 곧 이런 단계에서의 갈등이란 흔히 두 사람 중 한 명이 자율이라는 극점을 향해 달려가고 반면에 다른 한 사람은 여전히 공생적인 이상에 매여 이런 이상을 고수할 때 생기는 것이다.

거리 두기와 차별화의 단계

이 단계는 파트너 중 한 사람이 혹은 두 사람이 진정으로 자기 책임을 의식할 때 시작된다. 첫번째 단계에서는 두 사람이 자신의 부족함을 상대방의 "뛰어난" 능력으로 감추려는 경향이 있다. 예를 들어 소극적인 남성은 여성의 생기발랄함을 통해 그 자신도 활발해진 것처럼 착각한다. 두 번째 단계에서는 두 사람이 자신의 부족함과 그 탓을 다른 사람에게 전가시키는 경우가 많다. "난 더 이상 어쩔 수 없어. 너의 지나친 능동성이 나를 질리게 해." 거리 두기와 차별화의 이 세 번째 단계에서는 두 사람이 각자 자신의 부족함에 대한 책임을 스스로 지고 상대방을 과중한 책임감으로부터 해방시킨다. 앞서 함께 이야기했던 우리의 커플 사례들에서도 남자는 자신의 무심함과 소극적인 행동을 뒤돌아보고 이것이 잘못된 것이라는 점을 인식하고 인정하였다. 그리고 이런 점을 고치려고 노력하는 것이 자신의 과제라는 것 또한 이해하였다. 이처럼 두 사람은 상대방보다 자기만의 문제, 자기만의 관심, 자기만의 의문 제기에 몰두하게 된다.

재접근의 단계

이전의 단계에서 두 명의 파트너는 소위 "자율" 이라는 극점에 도달했다. 이제 "결속" 이라는 극점을 향한 움직임이 재개된다. 두 번째 단계와 유사하게 재접근이라는 네 번째 단계는 일종의 불안정한 과도기이다. 거리 두기의 단계에서 얻은 자율성은 그대로 유지되고 관계 안에서 다시 적용되어야 한다. 많은 커플들이 이제 각자의 개별성이 보다 강하게 드러나는 새로운 관계 계약을 맺음으로써 이런 단계를 지지하고 있다.

성숙한 화합의 단계

여기서 커플은 다시 결속의 극점에 도달한다. 그러나 아주 새로운, 훨씬 더 성숙한 차원의 결속이다. 네 번째 단계에서 얻은 자율성은 이들의 관계가 통합되는 데 필요한 구성요소이다. 이 단계에서는 자율성이 더 이상 관계의 배반으로 여겨지지 않는다. 그리고 이제는 첫 번째 단계에서처럼 "네가 필요하기 때문에 너를 사랑해"라고 말하지 않고 "너를 사랑하기 때문에 네가 필요해" (에리히 프롬)라고 말하게 된다. 상대방을 더 이상 자아가 확대된 존재로도(첫번째 단계), 혹은 자아를 가로막는 존재로도 여기지 않고, 자아가 발전할 수 있는 도전으로 여기게 된다. 거리 두기라는 세 번째 단계에서는 가끔 상대방의 입장을 경시하게 될 위험이 있다. 왜냐하면 자기 자신이 더 강하게 우위를 차지하고 있기 때문이다. 그러므로 다섯번째인 이 단계에서는 상대방을 대단히 중요시한다. 여기서는 첫번째 단계에서처럼 파트너를 공생적으로 통합하기 위해서 혹은 두 번째 단계에서처럼 파트너를 밀쳐 떼어내기 위해서가 아니라 진정한 상대로, 그 사람과 곁에서 내가 방향을 잡을 수 있고, 자극을 받을 수 있고, 또 그와 함께 내가 창의적이고 새로운 것을 발전시킬 수 있는 그런 상대로 파트너를 중요하게 여기게 된다.

다섯 번째 단계에 대한 설명은 어쩔 수 없이 이상적인 이야기가 될 수밖에 없고 발전의 종착지를 표현하고 있다. 현실적으로 다섯 번째 단계는 첫번째 단계와 유사한 점이 많고 이런 점이 순환적인 반복을 필요로 한다. 그러나 여러 번에 걸친 나선형운동이 진행되면서 각각의 단계들이 가진 특성들도 변화한다. 결속의 단계는 미성숙한 구속의 특성이 줄어들고, 그렇게 될수록 자율의 단계로 가기 위해 상대방과 싸우는 일도 줄어든다. 그렇게 되면 차별화의 단계에서도 떨어져 있는 거리가 그다지 멀지 않아도 되며, 재접근의 단계도 보다 더 확실해진다. 그리하여 두 사람 사이의 상호작용은 전체적으로 갈등이 줄어들고, 더 가벼워지고, 더 흥미로워진다. 마치 두 사람의 댄서들이 서로를 눈에서 놓칠지도 모른다는 두려움 없이 상대방을 반복해서 놓아주기도 하고 자기만을 형상을 만들 수도 있는 춤의 동작과 유사하다.

정체 현상

앞서 소개한 관계의 발전 단계들은 내적인 성장의 경향을 분명하게 보여준다. 그러나 이런 단계들이 모든 커플에게서 똑같은 방식으로 나타나는 것은 결코 아니다. 커플들은 각각의 단계에서 정체될 수도 있다. 단지 다섯 번째 단계는 이상형의 관점에서 보는 한 가지 예외로 정체 현상이 일어나지 않는다. 그 외의 각 단계에서 일어날 수 있는 "정체 현상"은 전형적인 발전의 위기가 된다. 외도란 커플의 그러한 위기들이 표현되는 곳이라고 생각할 수 있다. 어떤 단계에서 외도가 발생하는가에 따라서 대단히 다양한 위기들이 나타난다. 그러나 외도로 인한 삼각관계 안에서는 다양한 발전의 과제와 가능성이 언급되기도 한다.

커플들은 제일 먼저 융화의 단계에서 정체될 수 있다. 한 명 혹은 두 명의 파트너가 완전히 하나가 될 수 있다는 이상에 매달리는데, 그들은 독립성에 대한 욕구를 억누르며 진부함과 유치함을 감수한다. 독립성에 대한 욕구는 전혀 드러나지 않거나 혹은 다른 형태로 숨겨져 나타난다. 예를 들면 성적인 흥미 상실, 모든 종류의 이유 없는 질병, 우울한 상태 등으로 말이다. 이런 상황에서 외도는 자율성을 향한 억눌려진 욕구를 갑자기 한눈에 드러나게 만든다. 애인과의 사랑은 파트너들을 서로 연결시켜 놓았던 공생의 끈을 느슨하게 만든다. 외도는 자율성을 향한 출발이다.

이런 점은 토마스, 리아 그리고 아르민의 사례에서 가장 분명하게 나타난다. 아르민은 토마스와 리아의 만성화된 융화의 단계에 끼여들었다. 그들은 상호작용을 통해 점점 더 서로에게 엄마와 아이 같은 존재가 되어가고 남자와 여자로서의 자신들을 잃어가고 있었다. 아르민은 이런 소위 '전원적인 가정'에서 리아를 한순간에 탈출시키고 그럼으로써 공생의 관계를 파괴했다. 토마스는 이런 상황에 대한 자신의 심정을 드라마틱한 방법으로 표현했다. 하루 종일 이어지는 그의 눈물은 마치 파라다이스를 잃어버린 아이의 슬픔과 같았다. 토마스와 같은 남성들은 흔히 깊은 연민을 자아낸다. 그들은 대단히 좋은 의도를 가지고 있고, 늘 잘하려고 애쓴다. 그들은 많은 것을 자신들의 아버지와는 다르게 더 잘 해내고 싶어한다. 그들은 또한 대단한 의지로 자신의 생각을 실천한다. 그런데 이런 노력과 좋은 의도를 여자는 배신이라는 것으로 갚는다. 이런 일반적인 생각 때문에 리아의 경우에서도 그랬듯이 여자들은 양심의 가책으로 병들고 주변으로부터 심한 험담을 듣게 된다. 그러나 우리는 이런 상황으로 인해 파괴된 파라다이스는 단지 아이들의 파라다이스에 불과하며 바로 이런 비현실적 이상이 진정한 어른이 되는 것을 방해하기 때문에 어차피 사라져야 하는 것임을 간과해서는 안 된다. 토마스와 리아의 사례에서는 외도가 어떻게 관계를 발전시키기 위해 "필요한" 것이 될 수 있는지를 보여주고 있다.

커플들은 또한 저항의 단계에서도 정체될 수 있다. 흔히 소모적인 싸움 속에서 서로를 힘들게 하고 더 이상 아무런 해결책을 찾지 못하는 파트너들의 경우가 여기에 해당된다. 그렇지만 이처럼 서로 자주 싸우는 커플들이라고 해서 겉으로 보이는 것처럼 그렇게 서로에게서 멀리 떨어져 있는 것은 아니다. 오히려 그 반대이다. 그들은 융화의 단계에 있는 커플들 못지않게 서로 가까이 매여 있다. 이들이 자주 싸우는 이유는 긍정적인 방식으로 적당한 거리를 두지 못하기 때문이다. 싸움을 통해 반복적으로 경계가 생기긴 하지만 진정한 거리두기가 이루어지지는 않는다. 이런 상황에서는 파트너들이 자신의 욕구를 느낄 수 있을 만큼, 단지 그만큼만 서로에게 떨어져 있을 뿐이며 진정한 자율성을 얻지는 못한다.

이런 단계에서 삼각관계는 흔히 다음과 같이 일종의 "게임"처럼 진행된다. 제3자는 "대결과 경계"의 수단으로 파트너들의 대결에 개입하게 된다. 이 정도까지는 제3자가 커플 관계의 안정에 오히려 기여한다고 볼 수 있다. 그런데 제3자는 단지 커플 사이에 적당한 거리가 만들어질 때까지 혹은 심각해진 불균형이 다시 완화될 때까지만 관심의 대상이 된다. 일단 커플의 문제가 어느 정도 해결되면 제3자는 다시 "퇴출"된다. 자주 교체되는 단기간의 외도들이 흔히 이런 특성을 지니고 있다. 이렇게 되면 당연히 애인은 자신이 "이용당했다"고 느낀다. 왜냐하면 애인은 단지 커플을 위해 평형추의 역할을 하는 동안만 중요할 뿐이며 한 개인으로서는 아무런 가치도 지닐 수 없기 때문이다.

외도의 결과는 사실 커플 관계의 독특한 특성에 달려 있다. 한 파트너가 외도를 하는 것은 커플 관계가 바로 지금 그런 자극을 요구하는 상태이기 때문이다. 그러다가 좋지 않던 상황에서 벗어나서 관계가 회복되면 외도의 상황은 극적으로 변할 수 있다. 그렇게 되면 외도는 더 이상 커플 관계와 상관이 없어지고 자극제 역할도 하지 못한다. 이런 상황이 외도의 끝을 부른다. 그렇게 강렬했던 사랑이 사실은 당사자들이 인정하고 싶은 것보다 훨씬 더 커플의 절망적인 상황과 관련하여 생겨난 것임이 드러난다. 커플의 비극이 끝나자 갑자기 애인은 더 이상 매력적이지 않다.

이런 종류의 연관성은 테오, 마리아 그리고 릴로의 삼각관계에서 잘 관찰할 수 있다. 테오와 마리아는 수년 동안 저항의 단계에 정체되어 있는 커플이었다. 초기에는 서로에 대한 일련의 실망들이 쌓여갔다. 두 사람이 가졌던 공동의 소망은 이루어지지 않았지만, 그렇다고 포기된 것도 아니고 변화된 것도 아니었다. 각자가 침묵 속에서 그런 소망을 놓지 않은 채로 가끔씩 기대하고 반복해서 실망하고 있었다. 이런 상황에서 릴로와의 사랑은 테오가 지난 세월 동안의 욕구 불만을 마리아에게 드러낸 일종의 보복이었다. 그는 이것을 기회로 무엇인가 앙갚음하고 싶었고 애인을 이용하여 자신이 얼마나 남자로서 대단하고, 그녀가 여자로서 얼마나 부족한지를 보여주고자 했다. 그런데 마리아가 의외로 대단히 심각한 반응을 보이자 그 스스로도 깜짝 놀랐고 그렇다고 자신의 외도를 위해 그 동안 쌓아온 모든 것을 걸고 싶지는 않았다. 결국 릴로와의 관계를 중단하는 쪽으로 생각이 기울었다.

이때가 바로 삼각관계가 "게임의 특성"을 가질 수 있고 상황이 바뀌면서 역할이 교체되는 "구원자 - 희생자 - 추적자 - 게임"이 가능해지는 시점이다. 이런 경우 흔히 그렇듯 테오는 마리아를 진정시키기 위해서 그리고 가정의 기반을 유지하기 위해서 릴로와의 관계를 청산할 수도 있을 것이다. 그렇게 되면 가정에는 평화가 오겠지만 모든 것이 결국은 다시 예전 그대로의 상태로 머물게 된다. 아마도 테오는 릴로와의 관계를 발각되기까지 다시 비밀리에 재개하거나 혹은 다른 여자와 관계를 시작할 가능성이 대단히 크다. 그리고 결국 똑같은 악순환이 계속될 것이다. 이런 모든 관계는 공생적인 사슬에서 벗어나기 위한 시도이지만 결코 성공할 수 없다. 최근에 책이나 잡지에 자주 등장하는 이야기들처럼 애인의 입장이 되어 자신의 운명을 슬프게 한탄하는 여성들이 바로 이런 게임 같은 삼각관계에 연루되어 있다고 할 수 있다. 그들은 당연히 자신들이 도구화되고 게임에 이용되었다고 느낀다. 여기서 생기는 의문은 왜 그들은 그렇게 오랫동안 그런 게임에 말려들 준비가 되어 있으며, 왜 그런 "게임"들이 반복적으로 시작되는 데 스스로 한몫을 하는가 하는 점이다.

이미 암시되었듯이 테오, 마리아 그리고 릴로의 경우에는 상황이 달랐다. 상황을 다르게 만든 사람은 릴로였다. 그녀는 자신과 헤어질 수 있다는 테오의 생각에 대해 대단히 분노하고 격하게 반응했다. 테오는 그녀의 태도를 보면서 이제 자신이 그녀와의 관계를 더 이상 자신의 생각대로 조정할 수 없다는 것을 깨달았다. 릴로와의 관계도 그 사이 너무 진지한 관계가 되어버렸다. 이런 사실을 확인한 테오는 여기에 상응되는 조치를 취했다. 이때 그가 취한 조치란 내 생각에도 대단히 건설적이라고 여겨지는 방법이다. 그는 제3의 장소를 구했다. 곧 그는 예전의 상황에 머물지도 않았고, 릴로와 함께 살지도 않았으며, 일시적으로 마리아와 헤어져 자신만의 집을 마련했다. 그럼으로써 릴로와의 관계는 거리 두기의 세 번째 단계로 들어서게 되었다. 마리아는 테오의 이런 시도를 마음속으로 이해하고 자신의 상처에도 불구하고 이런 상황을 기회로 이용하기로 마음먹었다. 그럼으로써 두 사람에게는 이제 완전히 모든 가능성이 열린 상황이 되었다. 이들의 커플 관계는 소위 "일단 정지" 상태가 되었다. 모든 방향으로의 발전이 가능했다. 때문에 모두에게 위험한 상황이 생길 수도 있었다. 예전의 관계나 새로운 관계나 모두 위태로운 상황에 있었다. 일의 해결이 쉽지 않은 상태였다.

　오로지 모든 것을 걸어야만 모든 당사자에게 기회가 올 수 있었다. 이런 상황에서는 테오와 마리아의 경우처럼 예전의 관계가 다시 새롭게 생기를 찾거나 혹은 두 사람이 최종적으로 헤어질 수밖에 없다는 결론이 뚜렷해진다. 제3의 장소는 두 가지 관계가 수습할 수 없을 정도로 서로 얽히는 것을 막아주었다. 두 여자에 대한 명확한 거리 두기를 통해 테오는 어느 정도의 거리를 갖고 두 관계를 관찰해 볼 수 있었다. 그는 릴로와 함께했던 경험이 매우 소중했지만 그녀가 라이프 사이클에서도 그와는 전혀 다른 위치에 있기 때문에 그녀와 함께 사는 일이 얼마나 힘들지를 분명히 알게 되었다. 릴로도 공간적으로 마리아와 가까이에 있던 테오가 예전에 자신이 알고 있던 그가 아닌 다른 사람이 되었음을 느꼈다. 그녀는 테오가 자기 자신을 한 조각씩 찾아감으로써 한 걸음씩 그녀에게서 멀어지고 있음을 깨달았다.

　커플들은 물론 "거리 두기의 단계"에서도 정체될 수 있다. 이 단계에서의 정체란 파트너들이 자신들의 관계가 가진 가능성들을 최대한 활용해 보지도 않은 채 서로에 대한 관심을 잃어버린 상태를 의미한다. 여기서 외도는 한 사람 혹은 두 사람의 파트너들이 자기 자신을 찾는 데 도움이 될 수 있다. 외도라는 일탈적인 상황에서 사람들은 흔히 자신의 전혀 새로운 면을 보게 된다. 그들은 평소와는 달리 열정적이고, 창조적이고, 재치가 풍부하고, 에너지와 삶의 기쁨이 넘치는 자신의 모습을 경험한다. "그런 모든 장점들이 나에게도 있어"라고 그들은 스스로 감탄하며 자신감을 되찾는다. 때문에 외도라는 사건은 내적으로 진정한 거리 두기를 가능하게 할 수 있다. 곧 새로운 방식으로 자기 자신을 찾거나 자기만의 개성을 발견할 수 있다. 그러나 다른 한편으로 외도는 기존의 관계를 너무 일찍 손에서 놓쳐버리는 위험을 초래할 수 있다. 사랑에 빠졌을 때 처음 느끼는 황홀감이 새로운 관계의 의미를 과대평가하고 예전의 관계를 과소평가하게 만든다. 그 결과 너무 성급하게 헤어짐을 결정할 수 있다. 이런 경향이 테오, 마리아 그리고 릴로에게서 분명히 확인된다. 그러나 여기서는 이런 경향이 섣부른 행동으로까지 이어지지는 않았다. 세 사람 모두 훨씬 더 많은 인내심을 갖고 여러 상황들이 해명될 때까지 불안한 시간들을 견뎌냈다.

도로테아와 알프의 경우에서는 반대의 실례를 보게 된다. 미하엘과의 사랑이 도로테아로 하여금 처음으로 알프와 진정한 거리 두기를 가능하게 했다. 또한 그녀는 대단히 빠른 시간 안에 자신에게 중요한 것은 외도 자체가 아니라 외도를 통해 갖게 된 자극이었음을 깨달았다. 그녀는 이런 기회를 통해 자신이 틀어박혀 있는 좁은 길에서 다시 되돌아나와 자신을 위한 새로운 길을 찾을 수 있게 되었다. 때문에 그녀는 알프와의 관계를 오랫동안 포기하지 않았다. 그녀의 간절한 소망은 그들의 커플 관계를 위해 함께 최상의 결정을 내릴 때까지 알프가 이런 시간을 그저 일시적인 단계로 받아들여주고 자신과 대화를 해주는 것이었다. 그러나 알프에게는 이런 인내심이 부족했다. 그는 오히려 관계 중단을 요구하는 일종의 처벌 행위로 반응을 보였다. 그는 스스로도 헤어짐 때문에 대단히 괴로워했고 그녀를 격하게 비난했지만 결국 도로테아와의 관계를 회복할 수 있는 마지막 기회를 놓쳤다.

이런 행동들은 특히 파트너의 외도를 경험한 남자들에게서 자주 발견된다. 이들은 소위 "배신을 한" 여자들의 소망, 거리 두기의 시기를 견디는 것, 그리고 이런 상황을 자신을 위한 기회로 이해하는 것 등을 부당한 요구라고 여긴다. 그들은 오직 "모든 것이 아니면 아무것도(Everything or Nothing)"의 원칙에 따라 행동할 뿐이다. 곧 너와의 공생이든지 아니면 아무런 관계를 맺지 않든지 둘 중 하나를 택하려고 한다.

심층심리학적으로 볼 때 이런 원칙 뒤에는 과거와 연관된 심각한 문제가 있음을 추측할 수 있다. 말하자면 남자 안에 내재된 작은 소년이 자신의 간섭을 벗어난 애정을 행사한 어머니에 대해 절망하고 분노하며 거부의 태도를 보이는 것이다. 그러나 이런 반응의 결과로 수년 동안 지속되었던 관계이기에 아직 남아 있을 기회들이 사라지고 만다. 그렇게 되면 "배신을 한 사람"에게는 새로운 발전의 행보를 마침내 다른 관계에서 계속하는 선택만이 남게 된다. "배신을 당한 사람"은 대부분 이런 경험을 그저 성숙의 기회라고 여기고 — 특히 남성들의 경우에 반복적으로 확인되듯이 — 곧바로 다음 관계를 시작한다. 그러나 이렇게 시작된 관계는 역시 똑같은 과정에 의해 진행되고 결국 실패로 이르는 경우가 자주 있다.

끝으로 커플들은 네 번째인 재접근의 단계에서도 정체될 수 있다. 이 경우는 파트너들이 거리 두기의 시기를 거치고 모든 상황이 적절하고 가능함에도 불구하고 진정으로 서로를 다시 받아들이지 못하는 상태를 말한다. 흔히 이런 커플에게는 공동의 과거로부터 아직 해결되지 않은 문제나 그 동안 숨겨져 있었고 다시 꺼내어 들추고 싶지 않은 상처들이 있다. 두 사람이 아무리 그런 상처나 사건들을 "낡고 지나간 것"으로 보려고 노력해도 이런 것들은 자꾸 저 아래서부터 고개를 내밀고 이들의 화합을 방해한다.

혹은 파트너들이 결속이라는 것을 늘 억압적이고 강압적인 것으로 체험했기 때문에 최종적인 화합과 대면해서도 뒤로 물러서는 일이 생길 수 있다. 그들은 이제 막 자유로워졌는데 너무 가까이 접근을 하다가 다시 과거의 덫으로 빠지는 것이 두려울 것이다. 그러므로 서로 합의해서 비구속적인 관계 형태를 선택하는 것도 생각해 볼 만하다. 왜냐하면 그렇게 해서 가장 순수한 의미로 친밀감과 거리감 사이의 내적인 조화가 재대로 유지될 수 있기 때문이다. 나는 때때로 서로가 만족할 수 있는 구속적인 관계가 가능하다는 희망이 너무 성급하게 포기된다는 생각이 든다. 이렇게 포기하는 경우 외도는 구속이라는 위기에 대한 도피처가 된다. 그런 외도라면 오히려 관계의 발전을 저해한다. 특히 외도의 진정한 동기들이 이처럼 진보적인 삶의 형태를 정당화시키려는 의도 뒤에 가려지게 된다면 더욱 그렇다.

4 삼각관계와 성장 스토리

삼각관계를 발전지향적으로 표현하기 위해서 나는 지금까지 현재의 관계 상황, 라이프 사이클 그리고 커플 스토리를 함께 이야기했다. 사실 많은 경우에서 외도라는 위기를 긍정적으로 극복하는 데는 이런 측면들의 이야기로도 충분하다. 때문에 우리가 파트너의 과거를, 곧 파트너가 성장한 가정의 문제를 언제나 들춰내야 하는 것은 결코 아니다. 그러나 때때로 이런 과거를 살펴보는 일이 유용하고 심지어 꼭 필요한 경우가 있다. 다시 말하면 당사자가 부모와의 관계에서 경험했던 것을 파트너 사이의 이해와 화합의 과정에 연관시키는 일이 필요할 수도 있다는 말이다. 과거를 다루는 이 단락에서 나는 삼각관계를 파트너가 성장한 가정의 관계 구조가 반복 혹은 재현되는 것으로 설명하고 있다.

과거는 더 이상 변화시킬 수 없다. 때문에 많은 상담자들이 이런 시각의 접근을 선호하지 않는다. 과거를 회상하는 것이 변화를 방해하는 요소가 된다는 것이다. 일반적으로 과거를 생각하다 보면 자신의 부족함이 떠오르고, 자신의 이런 부족함에 생각이 고정되거나 심지어 새로운 약점을 만들 수도 있다고 믿기 때문이다. 내가 관심을 기울이는 부분은 물론 이런 측면이 아니다. 과거를 돌이켜보는 것은 성장 가정에서의 어떤 경험들이 삼각관계의 발생에 유리하게 작용했고 삼각관계 안에서 다시 반복되고 있는지를 분명하게 알게 해준다. 그럼으로써 삼각관계라는 위기를 과거의 입장에서부터 새롭게 이해할 수 있다. 과거를 다루는 것은 "아직 해결되지 않은" 문제들이 무엇인지를 알기 위함이다. 이런 문제들은 삼각관계 속에서 다시 살아나고 새롭게 제시되기 때문이다. 우리가 이처럼 과거로 시각을 돌려보면 삼각관계라는 위기를 아직 해결해야 할 문제들을 다시 한 번 파악하고 잘 마무리할 수 있는 기회로 볼 수 있다. 이런 기회가 없다면 성장 가정에서 해결되지 않은 일들이 비슷한 관계 구조에서 "새롭게 연출되어" 반복적으로 나타날 것이다.

그렇다면 여기서 새로운 연출 혹은 재연출이라는 것은 어떤 의미일까? 만약 성장 가정에서 관계와 관련된 문제들이 성공적으로 해결된다면, 특히 독립의 과정이 무난히 성공한다면 "관계"라는 테마는 성인의 의식 속에서 완결되어 의식의 뒤편으로 넘어간다. 이런 성인은 성장한 후에 맺는 관계에서, 특히 커플 관계와 가정을 이루는 데 있어서 자유로운 사고로 스스로 선택할 수 있다. 그러나 성장 가정의 관계들이 문제가 많았다면 "관계"라는 테마가 마무리되지 않은 채로 남아 있고 성인이 되어도 의식 속에서 반복적으로 전면으로 돌출되어 나오곤 한다. 그리하여 성장 가정의 기본적인 관계 구조와 작용이 성인이 된 지금의 상황에서 다시 반복되고 재현된다. 따라서 해결되지 않은 과거의 문제들을 파악하고 그 해결을 위해 노력해야 된다는 것이 분명해진다.

여기서 해결되지 않은 문제는 어떤 형태로든 관계 형성에 연루되고 독립 과정의 실패로 이어질 수 있다. 성장 가정에서 경험했던 관계에서 벗어나지 못한 사람은 아직도 정신적으로 엄마나 아빠에게 매여 있는 사람들이다. 이런 완전하지 못한 독립은 언제나 유아기에 너무 많은 혹은 너무 적은 애정과 관심을 얻었을 때 나타난다. 사랑을 너무 적게 받았다는 것은 아이들이 부모에게 별로 중요하지 않았거나 그들이 필요로 했던 만큼의 애정과 결속감을 느끼지 못한 경우이다. 사랑을 너무 많이 받았다는 것은 아이들이 부모에게 지나치게 중요했던 경우, 예를 들어서 부모 입장에서 자신의 파트너와 부모를 대신하는 대상으로 중요했을 경우이다. 사실 애정이 너무 많다는 의미 속에는 애정이 "너무 적었다"는 의미가 포함되어 있다. 왜냐하면 이는 아이들에게 적합하고 꼭 필요한 관심과 애정은 "너무 적었다"는 뜻이기도 하기 때문이다. 이렇게 너무 많거나 너무 적은 애정과 관심은 우리들이 성장해서 만난 파트너들을 엄마 혹은 아빠와 같은 존재로 만들어버림으로써 성장 가정에서의 관계 경험들을 반복하고 재현하게 만든다.

여기서 소개하고 있는 심층심리학적 사고들은 과거의 경험이 현재의 관계 속에서 재현된다는 점을 지나치게 강조하고 절대적인 사실로 주장하는 경향이 있다. 그래서 현재의 문제들이 오로지 과거의 해부를 통해 이해될 수 있는 것으로 주장한다. 한편 이와 다른 관점에서는 과거 경험의 반복이라는 문제를 완전히 무시하고 관계 안의 문제들을 오로지 현재의 맥락에서만 이해하려는 경향이 있다. 두 가지 관점 모두 지극히 일방적이고 현실에 부합되지 않는다. 때문에 나는 이 두 가지 관점을 통합한 사고가 바람직하다고 생각한다. 또한 나는 심층심리학에서 요구하는 것처럼 과거의 이야기를 수년 동안 그렇게 샅샅이 들춰내는 일이 결코 필요하지 않다는 것을 경험하였다. 그때그때 벌어진 삼각관계와 생생한 접촉을 하면서 다시 반복되고 있는 성장 가정의 오래된 드라마를 더불어 의식하는 일이 위기의 빠른 해결을 불러올 수 있다.

이런 관점이 개인과 그 개인의 이야기에 더 많은 관심을 갖게 만들었다. 이제 나도 보다 적극적으로 애인들의 이야기를 관계의 문제와 연관시키고 그럼으로써 삼각관계 발생에 대한 개인적인 시나리오가 더 분명해지도록 하겠다.

결속감은
안정을 주지만
너무 답답해

노베르트 비숍과 마찬가지로 나는 성인의 결속감과 아이의 결속감은 서로 구별된다는 전제하에서 출발한다. 아이는 때가 되면 부모로부터 벗어나야 하고, 그런 과정을 통해 자율성을 배운다. 아이는 시간이 흐르면서 부모와의 결속감에 대해 점점 더 많은 싫증을 보인다. 결속감이란 아이에게 대단히 양면가치적인 감정이다. 아이는 살아가기 위해 결속감을 필요로 하지만 동시에 적절한 시기에 여기에서 벗어나지 못하면 치명적인 결과를 불러온다. 그러나 성인에게는 결속감이란 것이 언제나 자율성에 반대되는 의미로 나타난다. 성인들은 가장 바람직한 경우 이러한 양면가치성과 대립성을 통합함으로써 극복한다. 자율성이 결속감과 함께 조화롭게 보완을 이루게 되면 성인이 자율성을 얻기 위해 아이가 부모와 헤어지듯 파트너와 헤어질 필요가 없어진다.

그런데 성인이 되어서도 부모와의 결속감에서 벗어나지 못하면 이런 과제가 해결되지 않은 채 남게 된다. 그리고 전형적인 유아적 결속감의 특성이 그대로 나타난다. 그렇게 되면 성인이 된 파트너들이 서로에게 부모의 역할을 대신한다. 이처럼 부모의 영향력으로부터 진정으로 벗어나지 못한 성인은 마치 아이가 엄마 혹은 아빠와 결속되어 있듯이 자신이 파트너와 결속되어 있다고 느낀다. 그런 사람은 이런 결속감이 안정감을 주기 때문에 그것을 원하면서도 동시에 자신을 속박하고 싫증나게 만들기 때문에 아이들이 그렇듯이 저항을 한다.

나의 경험에 따르면 바로 이것이 성인들의 관계에서 외도가 시작되고 삼각관계가 발생하는 가장 중심적인 이유이다. 성장기의 아이들이 가정에서 벗어나기 위해 집 밖에 있는 제3자를, 곧 또래 아이들과 첫사랑의 파트너를 필요로 하는 것처럼 부모로부터 완벽하게 독립하지 못한 성인들도 부모와 자식의 관계와 유사한 파트너 관계 밖에서 제3자를 필요로 하게 된다. 이러한 측면에서 삼각관계는 결국 속박된 아이가 자율적인 성인이 되는, 그리고 해결되지 않은 과제에 다시 관심을 보이려는 시도로 볼 수 있다.

실제로 이러한 과정은 전문적인 도움 없이도 원만하게 이루어지는 경우가 흔히 있다. 나는 외도가 최종적으로 파트너들에게 한 개인과 커플의 일원으로서 성숙해지는 효과를 가져오는 사례를 여러 번 보아왔다. 비록 커플의 관계가 이런 과정을 거치다가 해체가 된다고 해도 이런 경험은 진정한 성인이 되는 결정적인 과정이 될 수 있다.

앞에서 언급한 것처럼 외도가 유용한 기회가 될 수 있음에도 불구하고 잊으면 안 되는 것은 남자와 여자 사이의 관계에서 외도라는 "독립의 드라마"는 전혀 앞으로 나아가지 못하고 언제나 같은 자리로 돌아오는 원형운동의 방식으로 재현될 위험이 있다는 점이다. 그런 경우에는 전문적인 도움이 필요하며 그렇지 않으면 악순환의 고리를 끊을 수 없다. 지난 과거와 현재 사건의 연관성을 이해해야만 비로소 바람직한 해결에 이를 수 있다.

우리는 삼각관계 속에서 항상 끊어지지 않은 결속감과 유사한 형태들과 만나게 된다. 그런 형태들을 나는 다음에서 더 자세히 특징짓고 다시금 우리의 사례들에 비추어보고자 한다. 우선 마마보이와 파파걸에 대해 알아보자.

마마보이와
파파걸

 여자는 마녀 혹은 선녀

성인으로서 아직 엄마의 영향권에서 살고 있는 남자를 "마마보이"라고 부르겠다. 소년이 된 아이는 남자가 되기 위해 엄마로부터 벗어나 아빠의 옆자리를 받아들여야 한다. 말하자면 이제 그는 성인이 되어 파트너와 사랑을 할 수 있을 만큼 자유로워지기 위해 자신의 인생에서 첫번째 여성을 포기해야만 한다. 그런데 이런 일을 해내지 못한 마마보이는 여전히 엄마의 영역 안에서 살고, 내적으로도 긴밀하게 결속되어 있으며, 그 때문에 다른 여자를 받아들일 수 있을 만큼 자유롭지 못하다.

이런 이유로 마마보이는 남성들과의 관계마저도 단절된다. 흔히 마마보이는 아빠에 대해 증오심을 느끼거나 뚜렷한 갈등 심리를 나타내며 자신이 엄마를 위해 더 나은 남자라고 믿는다. 마마보이는 아버지와 화해가 이루어지지 않기 때문에 자신의 남성성조차 제대로 인정할 수가 없다. 결국 마마보이는 자신의 남성성을 과장된 방식으로 시위하려는 시도를 하거나 혹은 이런 성향을 억누르고 반대로 부드럽고 여성적인 경향으로 다가간다. 때문에 마마보이는 남자들과의 관계를 기피하고 주로 여성들 사이에 머무르거나 혹은 남자들과의 관계를 오로지 경쟁과 대결의 관계로만 만들어간다.

여성들은 때때로 마마보이들에게 강한 매력을 느낄 수 있다. 왜냐하면 그들은 일종의 모성적인 카리스마를 가졌기 때문이다. 그러나 마마보이는 엄마에게 결속되어 있으면서 동시에 엄마에게 대항하기 때문에 여자들도 다음과 같은 양면적인 상황에 빠지게 된다. 즉 한편으로는 여성들이 이상화되면서 다른 한편으로 투쟁의 대상이 되는 것이다. 마마보이는 분열적인 여성상을 지니는 경향이 있다. 엄마는 그에게 "고마운 선녀"인 동시에 "자신을 붙들고 늘어지는 마녀"이다. 때문에 그에게는 모든 여성들이 이런 이중의 얼굴을 지니고 있는 것으로 보인다. 삼각관계 안에서는 이런 두 가지 여성상이 각기 다른 여성들에게 분배된다. 기존의 파트너는 그를 붙잡고 놓아주지 않는 마녀이고, 애인은 그를 자유롭게 해주는 선녀가 되는 것이다.

남자는 독재자 혹은 영웅

성인으로서 아직 아버지의 영향권에서 살고 있는 여성을 "파파걸"이라고 표현하겠다. 소녀가 된 아이는 이제 여자가 되기 위해 아빠로부터 벗어나야 하고 엄마의 옆자리를 자신의 자리로 받아들여야 한다. 소녀가 성인이 되어 파트너와의 사랑을 위해 자유로워지려면 자신의 인생에서 첫번째 남자를 포기해야만 한다. 그러나 파파걸은 아직 아버지의 영역에서 살고 있으며 내적으로 결속되어 있고 다른 남자를 사랑할 만큼 자유롭지 않다.

파파걸은 다른 여성들과의 관계가 단절되어 있다. 그녀는 어머니에 대해 증오심을 느끼거나 뚜렷한 갈등 관계를 보이고 자신이 아버지를 위해 더 나은 여자라고 믿는다. 파파걸은 엄마와 사이가 좋지 않기 때문에 자신의 여성성조차 인정하지 못한다. 때문에 그녀는 이런 여성성을 과장된 방식으로 내보이려고 시도하거나 혹은 이것을 억누르며 조화롭지 못하게 남성적인 성격만을 드러낸다. 그리하여 파파걸은 여성들과의 진정한 관계를 거부하고 어쩔 수 없이 그들과 경쟁 관계가 된다. 그녀는 주로 남성들 사이에 있기를 좋아하고 그 안에서 여자로서의 자기 가치를 찾는다.

남성들은 때때로 이런 여성들에게 강한 매력을 느낄 수 있다. 왜냐하면 파파걸은 생동감이 넘치고 유혹적인 매력을 지니고 있고 혹은 특별한 능력을 통해 좋은 점수를 얻기 때문이다. 그러나 파파걸은 여전히 아빠와 결속되어 있으면서 동시에 아빠에게 대항하고 있다.

때문에 남성들은 바로 이런 양면적인 상황에 빠지게 되고 인정받지 못하고 있다고 느낀다.

남성들은 한편으로 이상화되고 우상시된다. 그런데 다른 한편으로는 투쟁과 험담의 대상이 되기도 한다. 이처럼 파파걸도 마마보이와 같이 분열적인 남성상을 갖는 경향이 있다. 파파걸에게 아버지는 자신을 구해주는 "영웅"인 동시에 억압하는 "독재자", 혹은 도달할 수 없는 "먼 대상"이다. 그리고 이런 이중성은 그녀들이 만나는 남성들에게 그대로 옮겨진다. 삼각관계 안에서 이런 남성상들이 분배되는데, 예를 들어서 기존의 커플 파트너는 독재자 혹은 감정적으로 가까이 갈 수 없는 먼 대상이 되고 애인은 자신을 위험에서 구해주는 영웅이 된다.

과거를 반복하는 불완전한 사람들

마마보이와 파파걸의 특징에 대해 더 상세히 다루기 전에 삼각관계와 관련하여 두 가지 기본적인 테마에 대해 설명하려고 한다. 마마보이와 파파걸은 분명히 과거의 경험과 깊이 연관되어 있고 성장 환경과 끈끈한 결속감을 가지고 있다. 이 사실은 두 가지 의미를 지닌다. 하나는 우리가 앞에서 보았던 것처럼 이들이 과거와의 연관성을 후에 성인이 되어 관계를 맺게 되었을 때 일종의 문제 해결책으로 반복한다는 점이다.

다른 한 가지는 이들이 가지고 있는 엄마와 아빠에 대한 이미지나 엄마와 아빠와의 관계 경험들이 어른이 되어서 만난 파트너에게 그대로 옮겨진다는 점이다. 그럼으로써 마마보이나 파파걸은 후에 삼각관계에 빠질 가능성이 더 높다고 볼 수 있다. 물론 여기에 다른 선택의 여지가 없을 만큼 필연적인 연관성이 있는 것은 아니다. 마마보이나 파파걸이라고 해도 많은 사람들이 삶의 경험을 통해 그런 결속감에서 자유로워지는 법을 배우기도 하니까 말이다. 단지 내가 말하고 싶은 것은 특히 반복해서 삼각관계에 빠지는 사람들에게서 이런 연관성을 확인할 수 있다는 것이다. 마마보이와 파파걸은 성장 가정에서 엄마의 준 파트너 내지는 아빠의 준 파트너로서 이미 하나의 삼각관계를 형성하는 데 한몫을 했기 때문에 이러한 삼각관계를 현재의 관계에서 재현하는 경향이 있다.

이와 함께 내가 말하고 싶은 또 한 가지 사실이 있다. 엄마에 대한 마마보이의 벗어나지 못한 결속감과 아빠에 대한 파파걸의 결속감이 관계 안에서 전반적인 양면적 행동의 동기가 된다는 것이다. 동성에게든 이성에게든 말이다. 왜냐하면 마마보이는 단지 여성들뿐 아니라 남성들과도 양면적인 관계를 맺기 때문이다. 남성들은 바로 마마보이의 동경의 대상이자 거부의 대상이기도 하다.

그와 똑같은 상황이 파파걸에도 해당된다. 파파걸에게 여성들은 동경의 대상이자 거부의 대상이다. 이 말은 마마보이가 자신의 남성성을, 그리고 파파걸이 여성성을 자신과 조화롭게 느끼지 않는다는 뜻이다. 이들은 성의 정체성과 관련하여 불완전한 느낌을 갖는다.

이렇게 되면 이성과의 관계들도 불분명해지는 결과가 나타난다. 그리고 이런 상황이 금방 언급했던 마마보이와 파파걸의 양면적인 이성 관계에 대한 또다른 이유가 된다.

또한 그들의 양면적인 이성 관계는 당연히 삼각관계가 재현될 가능성을 높인다. 결국 마마보이와 파파걸은 외도를 시도하고 여기에서 파트너와의 관계가 "너무 분명해지지" 않기를 원한다. 혹은 마마보이나 파파걸은 분명한 관계 안에서 살지 않기 위해 기혼자들을 파트너로 찾기도 한다. 기혼자들이야 이미 다른 파트너에게 매여 있으니까 말이다. 어떤 경우든 이들은 여성에게 남자가 분명한 혹은 완전한 상대가 되는 것을, 그리고 남자에게 여자가 완전한 상대가 되는 일을 기피한다.

지속적으로 삼각관계 안에서 살거나 반복적으로 그러한 관계에 빠지면 이성과의 관계가 자꾸 불확실해진다는 것을 의미한다. 이렇게 되면 삼각관계로 인해 독립적인 성인이 되지 못하며 삼각관계의 당사자들이 서로 심리적인 성장까지도 방해한다.

물론 이런 일이 언제나 필연적으로 일어나는 것은 아니다. 삼각관계에서의 여러 경험을 통해 앞서 언급했던 과거와의 연관성들이 비로소 분명해지고 그럼으로써 새로운 전환이 가능할 수도 있을 것이다. 이런 사례가 바로 도로테아와 알프, 미하엘의 관계이다. 도로테아는 처음으로 관습과 도덕의 경계를 깨뜨리고 미하엘과 성관계를 가졌을 때 알프에게 매여 있는 관계의 양면성을, 그리고 이 관계와 독립되지 못한 부녀 관계와의 연관성을 확실히 깨닫게 되었다. 그럼으로써 지금 그녀가 가진 문제의 이해와 해결을 위한 첫걸음을 내딛게 되었다.

"사랑스러운 소년"과 "영웅"

마마보이들에게는 뚜렷한 특색을 지닌 두 가지 유형이 나타난다. 세 커플의 사례로 시선을 돌리기 전에 먼저 이 두 가지 유형에 대하여 알아보자. 그것은 바로 "사랑스러운 소년"과 "영웅"의 유형이다.

이 두 유형의 사람들은 모두 삼각관계에 빠질 가능성이 높다는 공통점이 있다. 그러나 이들은 외형적으로 비춰지는 모습에서 현저하게 서로 구별되고 삼각관계 안에서 각기 다르게 행동한다. 다음에서 나는 이 두 유형을 상당히 대조적으로 일종의 양극점으로 표현하지만, 물론 이들 사이에는 "혼합 형태"가 존재할 수 있다는 것을 전제하고 있다.

배신당한 *"사랑스러운 소년"*

"사랑스러운 소년" 이라고 하면 흔히 마마보이라는 개념을 떠올린다. 이런 사람은 언제나 노력하고 배려하고 거의 모성적이며 특히 여성들에게 매너가 좋은 친절한 사람이다. 그는 에리히 케스트너가 쓴 시에서 칭송된 "자상한 남자" 의 전형적인 유형이라고 할 수 있다.

자상한 남자는 분명 남자이기는 하지만
그의 남성성은 경계선에 있다.
그는 여자들을 보살피지만
그 결과는 다른 남성들이 감당해야 한다.

자상한 남자는
그래야만 할 때는 여성에게 시를 바치지만
이에 반해 최종 효과에 대해서는
아예 처음부터 그리고 무조건 포기하는 사람이다.

그는 칭찬 없이도 여성들에게 봉사한다.
그는 여성들을 대단히 그리고 일괄적으로 사랑한다.
그는 한 사람이 할 수 있는 것 이상의 사랑을 한다.
그는 한마디로 담백한 사랑을 한다.

그는 껄껄거리며 웃지 않는다. 그는 사나워지지도 않는다.
그는 시장보기도 도와준다. 왜냐하면 그는 숙련가이기 때문이다.
그의 시선은 여자를 멋진 그림으로 만든다.
다른 시선을 던지는 이들은 다른 남성들이다.

......

자상한 사람들은 대단히 인기가 많다.
왜냐하면 그들은 겸손하고 아무것도 요구하기 않기 때문이다.
그들은 현재를 원하지 않는다.
그들은 지금 존재하고 숭배하는 것 외에는 아무것도 원하지 않는다.

그들이 너희를 단상 위에 올려놓으면
너희는 기념비가 되고 깍듯한 대우를 받는다.
그런 다음 그들은 한쪽 눈을 통해 바라보고
너희가 접근하기 어려운 존재라는 것에 놀라워한다.

그러면 그들은 무릎을 꿇고 기도한다.
너희는 하품을 하며 겨우 깨어난다.
다행히도 가끔 한 남자가 와서
너희를 단상에서 아래로 데려온다!

우리는 여기서 사회활동가이며 리아의 남편인 토마스의 모습을
어렵지 않게 찾아볼 수 있다. "사랑스러운 소년"은 처음부터 거의 저
항 없이 엄마의 영향권에 머물렀고 여전히 엄마의 곁에 있다. 토마스
의 어머니는 대단히 사랑이 넘치고 자상한 어머니였다. 토마스는 그
녀가 아이를 낳고 싶다는 희망을 포기한 후에 얻은 유일한 아이였다.
토마스는 난산 끝에 태어났으며 자라면서 줄곧 엄마가 자신을 고통
속에서 낳았다는 이야기를 들었다. 엄마와의 관계는 대단히 긴밀하
게 결속되어 있었다. 아빠는 직업상 많은 곳을 여행했고, 토마스는

아빠의 이런 부재를 엄마가 얼마나 힘들어했는지 항상 들으며 자랐다. 그러나 아빠가 집에 있을 때도 아들과의 관계가 활발하지는 못했다. 아들을 어떻게 교육시킬지에 대해 부모들 사이에 자주 다툼이 있었다. 시간이 흐르면서 아버지는 점점 더 소외되고, 제외되고, 거의 공감대가 없는 "가족 - 부양자"의 역할로만 전락하게 되었다. 토마스는 아빠에 대해 직접적으로 적대감을 느끼지는 않았지만 많이 낯설게 느끼고 있었다. 친밀감과 다른 감정의 문제들은 오로지 그와 엄마 사이에서만 존재하고 있었다. 아버지와는 신체적인 접촉도 거의 없었다.

토마스의 직업 선택은 기술직을 원했던 아버지의 뜻에 "반대되는 선택"이었지만, 어머니의 이루지 못한 소망에는 부합되는 것이었다. 그러나 어머니는 토마스가 소위 "신세대 여성"인 리아를 데리고 와서 자신의 파트너로 소개했을 때 찬성하지 않았다. 엄마는 아들이 그녀를 결정한 것이 아니라, 그녀가 아들을 선택했다는 인상을 받았는데, 이 점은 그녀가 완전히 틀린 것도 아니었다. 토마스에게 있어서 리아와의 관계는 무엇보다도 어머니의 심한 간섭으로부터의 해방을 의미했다. 때문에 그는 기꺼이 그녀의 유혹에 넘어갔다. 그러나 리아와 관계를 유지하면서도 그는 내적으로는 오랫동안 자유롭지 않았다. 리아와 엄마 사이에 갈등이 생겼을 때 그는 분명하게 리아의 편에 서지 못했다. 그는 평화를 중개하기 위해 노력했고 두 전선 사이에서 이리저리 방황했다. 이런 점이 결국은 두 여자를 모두 화나게 했다. 그러나 여전히 엄마에 대한 결속감이 불쑥불쑥 드러나곤 했다.

우리는 "사랑스러운 소년"의 전형적인 모습을 하고 있는 그에게서 대단히 자상하고 거의 모성적인 특성을 찾을 수 있다. 그는 이런 특성을 가진 파트너로서 리아에게 봉사했다. 그는 어머니를 모델로 하여 자신 안에 모성적이고 자상한 "부모로서의 자아"를 만들었다. 처음에 리아는 토마스의 이런 점을 대단히 좋아했고, "사랑스러운 소년" 토마스는 다른 한편으로 "아이로서의 자아"에 의해 그녀를 착한 요정으로 이상화시켰다. 그런데 이러한 이상화는 시간이 흐르면서 비로소 또다른 측면을 나타낸다. 착한 요정은 단지 그의 숭배의 대상일 뿐만 아니라 그의 기대에 부흥해야 하는 대상이기도 하기 때문이다. 다시 말하면 요정은 자신의 선함을 그녀 편에서 모든 것을 그에게 바치고, 그를 감싸주고, 그를 위로하는 것으로 보여주어야 한다.

시간이 지나면서 "사랑스러운 소년"의 욕구불만적인 측면이 드러나고 지나친 기대감이 나타난다. 여자는 이런 관계 속에서 스스로 완전히 소진되고 남자에게 아직 유아적 특징이 많이 남아 있다는 인상을 받는다. 그러므로 "사랑스러운 소년"의 유형에 속하는 마마보이가 "자상한 부모로서의 자아"를 드러내면 파트너는 스스로를 아이와 같은 존재로 느끼고, "힘없는 아이로서의 자아"가 표출되면 여자는 스스로를 엄마 이상의 존재로 느낀다. 후자의 경우는 흔히 아기가 태어난 후의 일이다. 마마보이는 아이와 경쟁을 하고 여자를 상대로 완전히 아이의 입장이 된다. 결과적으로 성숙하고 동등한 남녀 관계는 점점 더 불가능해진다.

마마보이가 지니고 있는 여성상 중 하나인 "해를 끼치는 마녀"의 이미지는 "사랑스러운 소년"에게서 그다지 뚜렷하게 나타나지 않는다. 그러나 전혀 없다고는 할 수 없다. 물론 "사랑스러운 소년"이 자신을 붙드는 엄마를 상대로 공격적인 대항을 하는 경우는 드물다. 그 대신에 반항적 행동이나 수동적·공격적 후퇴 등의 방법을 사용한다. 그러나 그 효과는 적지 않다. 이 방법들은 그가 일종의 "시체반응"의 방식으로 어머니의 감정적인 간섭에 대항하여 즐겨 쓰는 전략이다. 그의 이런 행동은 아내를 절망의 끝으로 몰아갈 수 있다. 토마스의 경우에도 자신이 더 능동적이고 적극적이기를 바라는 리아의 요구에 대해 처음에는 그저 후퇴와 침묵으로 반응했다. 그리고 그가 리아를 위해 지금 하고 있는 모든 일과 그녀가 요구하고 있는 모든 것을 열거했다.

그는 시간이 흐르면서 사실은 어머니에 대한 분노를 자주 아내에게 발산하고 있다는 것과 지금 있는 그 자리에서 자기 주장을 하기 위해서는 용기를 가져야 한다는 것을 깨달아야 했다. 아르민이라는 라이벌의 출현은 토마스에게 이런 방향으로의 첫번째 도전이었다. 여성들이 더 이상 견디지 못하고 떠남으로써 "배신을 당한" 마마보이들은 자신의 사랑이 얼마나 스스로를 차단시켰는지를 깨닫고 자신의 사랑에 침을 뱉고 싶을 때 이런 과정을 겪는다. 이때가 바로 마마보이가 남성과 아버지로서의 출발을 알리는 순간이기도 하다. "사랑스러운 소년"은 지금껏 이런 순간을 늘 거부해 왔다. 토마스의 경우에서 분명히 볼 수 있는 것처럼 마마보이는 오로지 엄마와 같은 시각으로만 아버지를 보고 "그런 사람"이 되고 싶지 않기 때문에 아버지를 거부한다. 이런 경향은 흔히 진정한 성인 남자가 되기를 거부하는 의미가 포함되어 있다. 토마스가 그랬듯이 마마보이는 이런 진실을 흔히 "새로운 남성 역할"이라는 진보적인 말로 꾸며댄다. 이런 역할에 따르면 "권위주의적"이고 "독재적"인 부분들은 모두 사라져야 한다.

삼각관계에서 "사랑스러운 소년"은 흔히 토마스처럼 "배신을 당하는" 역할에 처하게 된다. 이런 유형의 사람은 리아가 체험했듯이 여자에게 강하고 열정적인 상대가 되어주지 못한다. 여자는 그를 여성적이고 모성적인 사람으로, 그러나 사랑스럽기도 하고 많은 도움이 필요한 소년으로, 결국 아이와 같은 존재로 느낀다. 성장한 남자로서의 모습은 그녀에게 받아들여지지 않고 있는 것이다. 리아의 경우에 아르민이 그랬듯 이 틈새 사이로 애인이 뛰어들게 된다.

그러나 이런 타입의 마마보이들이 "배신을 하는" 경우도 있다. 그런 경우에 그는 오히려 "우아한 왕자"의 타입을 대변하게 된다. 이런 사람은 여자를 비난하는 태도에서부터 외도를 하게 된다. 그의 눈에는 아내가 여성해방 경향의 길을 감으로써 그에게 너무 신경을 쓰지 않았고 그녀의 임무를 소홀히 했거나 혹은 그녀가 지나치게 "엄마로서의 역할"에만 틀어박혀 남편에게 거부감을 일으키게 했다고 주장한다. 그런 다음 일어나는 상황은 쉽게 상상할 수 있다. 남편의 애인도 눈 깜짝할 사이에 엄마의 역할(혹은 "한 개인으로서의 역할"로도)을 맡게 되고, 남자는 그녀로부터 모든 보살핌을 원한다. 그렇게 되면 애인은 예전에 남자의 표현에 따르면 늘 시끄럽게 호통치는 여자라는 그의 부인을 잘 이해할 수 있게 된다.

전투적인 "영웅"

영웅의 얼굴에서는 마마보이의 특징이 전혀 드러나지 않는다. 영웅은 그와 반대로 남성적인 태도를 강조하고 때로는 지나치게 과시하는 강한 남자의 모습을 하고 있다. 엄마나 여자와의 관계도 "사랑스러운 소년"의 경우처럼 그렇게 확실하지는 않다. 영웅은 엄마의 영향권에서도 중심이 아니라 그 주변에서 움직이며 그럼에도 불구하고 엄마로부터 그다지 많이 벗어나지 못한다. 그는 엄마를 "사랑스러운 소년"보다는 훨씬 덜 믿고 덜 의지한다. 엄마는 이상화되기도 하고 무시를 당하기도 하는 혼합적인 대우 속에서 그를 차지하기도 하고 때로는 그로부터 밀려나기도 한다. 혹은 엄마도 그를 신처럼 받들다가 다음 순간에 그가 자신의 욕심에 충분하지 않으면 갑자기 얕보고 무시하기도 한다. 때문에 영웅 타입의 마마보이는 훨씬 더 불안정하게 느낀다.

그의 테마는 "전투"이다. 그는 전사이며, 언제나 한 성인으로서 엄마를 상대로 그리고 엄마를 위해 싸운다. 이런 전투가 그를 직장에서든, 운동에서든, 전쟁에서든, 매우 다양한 영역에서 최상의 실적을 내게 만든다. 이런 전투의 자극제는 다양하다. 영웅은 엄마를 위해 싸우지만 또한 엄마에게 대항해서 싸우기도 한다. 자신의 영웅적인 전투를 통해서 그는 최종적으로 엄마를 정복할 것이다. 적을 물리치는 전사가 원하는 공주를 정복하듯이 말이다. 그와 동시에 그는 엄마와의 전투로부터 자유로워질 것이다. 마치 적을 물리친 전사가 적의 위협으로부터 자유로워지듯이 말이다.

영웅은 엄마와의 관계가 불확실하기 때문에 오히려 "사랑스러운 소년" 보다도 더 엄마에게 매달리는 경향이 있다. 그는 엄마 앞에서 자신을 증명하고 동시에 그녀로부터 자유로워지기 위해 최정상에 올라야 한다. 그 밖에도 그의 전투는 단지 엄마 때문만이 아니라 아빠, 곧 그의 라이벌 때문이기도 하다. 여기에도 역시 양면성이 포함되어 있다.

한편으로 영웅은 아빠에게 가고 싶고 아빠로부터 그렇게 원하던 인정을 받고 싶다(자, 보세요! 내가 어떤 일을 해냈는지 말이죠!). 그리고 다른 한편으로 그는 아빠를 이기고 싶다(내가 엄마에게 훨씬 더 나은 남자라구요!). 이런 모든 것이 한데 얽혀 때때로 심각한 과로와 부담감의 상황을 만들어낸다. 일 중독과 실적에 대한 압박 등의 뿌리도 바로 그 안에 들어 있다.

우리의 사례들 중에서는 테오와 알프가 여기에 속한다. 일과 실적에 대한 테오의 지나친 열의는 전투를 통한 엄청난 노력에서 나오는 것이다. 테오는 실적이 대단히 강조되는 가정에서 세 형제의 장남으로 자랐다. 부모님들 사이의 관계는 매우 차가웠다. 아버지는 엄격하고 강요적이었지만, 어머니는 여기에 대해 반대 의사를 거의 표현하지 않았다. 그녀의 애정은 비밀스럽게 테오에게 향하고 있었지만 이것을 공개적으로 나타내지는 못했다. 그래서 테오는 엄마가 자신을 보호하기보다 아버지의 엄격함에 짓눌려 살고 있다는 느낌이 들었다. 테오는 한편으로는 자신에 대한 어머니의 소망을 ─ 그리고 그 안에는 물론 요구 사항들도 있었고 ─ 느꼈고, 다른 한편으로는 엄마가 결정적인 순간에 등을 돌리지 않을지 확신이 서지 않았다. 이런 방식으로 그는 전형적인 영웅의 유형으로 성장하였고 아버지와의 관계는 언제나 경쟁과 대결 관계가 되었다.

따뜻하고 능력 있는 마리아와의 사랑은 그에게 이런 차갑고 불안정한 상황에서 빠져나올 수 있는 희망이었다. 그러나 과거의 상황이 그렇게 쉽게 극복될 수는 없었다. 테오는 얼마 지나지 않아 과거처럼 전투와 실적 위주의 사고에 빠졌고 마리아에게는 더 이상 관계 개선의 기회가 없었다. 그녀는 자주 남편이 직업적인 실적에 대해 특별한 인정을 바라고 있다는 느낌을 받았는데, 그것은 마치 어린 소년이 엄마에게 가서 자신이 해낸 일을 보이고 칭찬을 받으려는 것과 같았다. 그는 완전히 일에 빠져 지냈고 마리아는 점점 더 그를 인정해 주기를 거부했다. 그는 엄마에게서 충분히 받지 못했던 것을 아내에게서도 똑같이 받지 못하자 다시금 매우 씁쓸함을 느꼈다.

"영웅들"은 처음에는 여성들에게 대단히 매력적이다. 그들은 능력 있고 어떤 것이든 솔직하게 표현한다. 여성들은 강한 모습의 베일 뒤에서 동경에 가득 찬 소년을 발견한다. 소년들은 여자들의 마음을 사로잡는다. 여성들은 특히 스스로 아름답거나 능력이 있을 때 그런 소년에 의해 이상화되고 승격되는 것을 느낀다. 바로 이런 경우에 영웅들이 가진 여성상 중에 "요정의 이미지"가 나타나는 것이다. 영웅들은 아내의 모습에서 그들이 마침내 의지할 수 있는 사랑을 가진 여성을 찾았다고 믿는다. 테오와 마리아의 경우도 그러했다. 그러나 관계가 더 친밀해지고 그녀가 막상 테오의 아내가 되었을 때는 마녀의 이미지를 가진 여성으로 나타난다. 이제 테오는 마리아가 자신을 붙들고 늘어지고 불평하며 부담스럽게 하는 여자라고 느낀다. 이때 영웅들이 가진 여성에 대한 요정의 이미지는 과거로 돌아가든지 — 즉 자신의 엄마를 미화한다 — 혹은 외부의 다른 여성을 향해 가게 되고, 그 여성은 바로 애인이 된다.

테오가 릴로와의 관계를 시작했을 때 바로 이런 상황이 진행되고 있었다. "영웅들"의 경우에는 모자 관계에 근거한 분열적인 여성상과 삼각관계의 발생에 대한 관련성이 특히 분명해진다. 아내와 애인, 이 두 여성은 때에 따라서 그 두 가지 이미지를 부여받는다. 한 사람은 부정적이고 마녀적인 이미지를 갖게 되고, 다른 한 사람은 긍정적이고 요정 같은 이미지가 부여된다. 그러나 마마보이와 애인이 고정적인 관계를 시작하게 될 때 이런 상황은 대단히 빠르게 다시 변할 수 있다. 그렇게 되면 지난 과정이 다시 반복되기 십상이다. 또 시간이 지나면 과거의 애인이 마녀가 되고 새로운 애인이 착한 요정이 되기도 한다.

전설적인 바람둥이 "돈주앙"도 "영웅"의 특별한 사례라고 말할 수 있다. 이런 영웅은 여자들을 차례로 한 명씩 정복하고 금방 헤어지는데 이것은 똑같이 실망스러운 경험을 하기 때문이다. 처음에는 그에게 이상적인 여인으로 보였던(예전에 엄마가 그랬듯이) 여성들이 자신의 기대를 충족시키지 못하고 그 때문에 악한 마녀가(예전에 엄마가 또 그랬듯이) 된다. 그러므로 그는 관계를 과감하게 깨뜨림으로써 그녀로부터 자유로워진다. 상담 중에 한 남자가 했던 말이 인상 깊게 나의 기억에 남아 있다. "저는 여자친구를 새로 사귀게 될 때 이미 잘 알고 있습니다. 제가 다시 실망을 하게 되리라는 것을 말이죠. 그렇다고 저는 그녀에게 가는 것을 그만둘 수 없고, 결국 그녀에게 가서 그런 경험을 다시 할 수밖에 없습니다." 우리의 사례 중에서도 리아의 애인인 아르민이 이러한 특성을 지니고 있다.

"영웅"의 유형들은 흔히 번갈아가며 많은 여자 관계를 맺고 "외도를 하는" 기혼남이나 사랑의 편력가들 사이에서 찾을 수 있다. 그런데 이들의 아내가 그저 당하고만 있지 않고 그녀들의 편에서도 "배신"을 하고, 그래서 이들이 스스로 "배신을 당하는" 역할을 맡게 될 때는 흔히 놀라운 반응을 보인다. 그들은 대단한 질투심을 보이고 편

협해지며 때로는 폭력적으로, 말하자면 그들 스스로 따르고 있는 기본 원칙들과는 반대로 변한다. 그들은 그 외의 다른 일에서도 유사하게 행동한다. 예를 들면 영웅들은 흔히 비평하고 비난하는 일에는 대단히 열성적이지만, 그런 비평을 듣는 일에는 약하고 민감하다. 이런 이중적인 면은 "영웅들"의 내적인 상황에서부터 이해될 수 있다. 영웅들은 여성들과의 관계 속에서 — 외형적인 모습과는 전혀 반대로 — 아이의 역할을 하고 여자는 엄마의 역할을 한다. 그들은 자신들이 뻔뻔스럽게 하고 있는 일을 소위 "엄마들은" 결코 해서는 안 된다고 여긴다. 그들의 생각에 따르면 여자는 언제나 제자리를 지켜야 하며 신의를 우선시해야 한다. 만약 여자가 이런 규칙을 지키지 않는다면 그것은 여자(엄마)란 역시 믿을 수 없다는 사실을 새롭게, 그러나 대단히 고통스럽게 확인시켜 주는 셈이 된다. 영웅들은 이에 대해 분노와 거부감으로 반응한다.

지금까지의 내용에서 분명해지는 사실이 있다. "사랑스러운 소년", "왕자", "영웅" 혹은 "돈 주앙" 등의 유형들은 모두 엄마를 놓아주기를 거부하는 남자들이다. 그들의 파트너들은 바로 이런 영향권 속으로 들어가게 되는 것이다. 결국 여자는 새로운 해결책으로 활용되며 불만족스러운 욕구를 충족시키기 위해 "봉사하게 된다." 그럼으로써 여자는 도구화되고 동등하고 성숙한 사랑의 파트너가 될 수 없다. 여자들은 이런 남자들이 보여주는 모자 관계의 유아적인 양면성에 연루된다. 마마보이는 한편으로 자신의 파트너와 전투를 벌여야 하고, 다른 한편으로는 파트너 곁에서 보호와 보살핌을 찾는다. 그리하여 여자들은 일반적인 엄마들의 운명을 경험하게 된다. 마치 소년이 청소년기에 엄마를 떠나 여자친구에게 가듯이 남편도 다른 여자에게 간다. 남자들이 이런 전반적인 상황을 의식하지 못하면 진정한 독립은 이루어질 수 없다. 때문에 외도를 해결하기 위해서 때로는 그러한 연관성을 의식하게 만들고 그것과 대면시키는 일이 필요하다.

"공주"와
"유능한 여자"

파파걸의 경우에도 두 가지의 각기 다른 모습이 있다. 바로 공주 혹은 사랑스러운 소녀, 그리고 유능한 여자의 모습이다.

"공주" 혹은 "사랑스러운 소녀"

공주 혹은 사랑스러운 소녀라고 하면 특히 아빠와 긴밀한 결속감을 지닌 파파걸의 특징들이 잘 나타나는 여자들을 말한다. 일반적으로 공주형 여자들은 모든 사람들이 느낄 정도로 가정에서 아버지의 애정을 듬뿍 받았다. 이들은 소녀다운 태도를 성인이 된 지금까지도 나타내고 있다. 여기서 문제가 되는 것은 아빠가 감정적으로 엄마보다 이런 딸을 더 좋아하고, 딸이 가정 내에서 더 나은 여자라는 것을 적든 많든 확실하게 표현을 한다는 점이다. 아빠가 느끼는 부녀 관계는 연애 관계의 성격을 띤다. 흔히 성인이 된 딸과 아빠 사이에는 아내와는 거의 불가능한 신뢰감이 형성되어 있다. 어떤 경우에는 심지어 아빠가 딸 앞에서 소리내어 울기도 하고 혹은 아내와의 성적인 문제에 대해서도 딸과 대화를 나눈다.

우리의 사례들 중에서는 릴로가 가장 뚜렷하게 그런 공주의 유형에 속한다. 그녀의 전반적인 삶 내내 그녀는 아빠 곁에 있었으며 엄마의 반대편에 있었다. 그녀의 아빠는 이상적인 여성상이 바로 자신이 숭배하는 딸일 정도로 단순한 남자였다. 그리고 릴로는 아빠의 이런 기대에 부응하기 위해 무슨 일이든 했다. 그녀는 아빠의 마음에 드는 법과 엄마와는 달리 재치, 매력, 그리고 사랑스러움을 통해 아빠를 즐겁게 하는 법을 알고 있었다. 이런 타입의 모든 파파걸들이 그러하듯이 릴로도 우아하고 에로틱한 면이 두드러진 행동 방식이 발달하게 되었고 이 점이 엄마와의 관계를 힘들게 만들었다. 릴로가 엄마의 경쟁자가 되었기 때문이다. 그럼으로써 릴로는 다른 여성들이나 엄마와 자주 갈등을 겪었다. 나는 상담 중에 이러한 매력적이고 생기발랄한 "공주" 형의 여자들을 많이 만났다. 그들은 한 남자를 만나서 아이를 갖고 사는 일을 다른 어떤 것보다도 소망하는데도 불구하고 실제로는 고정적인 관계 속에 정착하지 못하고 아이가 없는 경우가 많았다.

물론 공주형의 여성들과 아버지의 이런 관계에도 문제가 있다. 릴로의 경우에는 그녀에게 평균 이상의 교육을 시켰던 아빠 스스로의 수준이 딸의 기대에 미치지 못했다는 점이 문제였다. 그녀가 아빠와 함께 또래친구들을 만날 때면 아빠 때문에 수치심을 느꼈고 아빠가 스스로를 너무 낮추고 있다는 인상을 받았다. 그녀는 끊임없이 아빠의 수준을 높이기 위해 노력했지만 이런 시도가 성공하지 못하자 이에 대한 분노를 그녀는 진정한 독립의 욕구라고 여겼다. 이런 욕구는 그녀가 얼마나 아빠의 영향권 안에 갇혀 살고 있는가를 보여주는 증거이다. 이런 사실을 의식하지 못한 그녀는 어른이 되기까지 잘못된 사고를 가지고 있었다. 그리하여 그녀는 남녀 관계에서 특히 "나이가 든 남성들"을 편애하게 되었다. 이것은 그녀가 나이든 남성들을 원하는 대로 변화시킬 수 있고, 유혹해서 끌어낼 수 있으며, 개인적인 발전을 하는 데 도움이 된다고 여겼기 때문이다. 그리하여 "공주"는 결국 애인의 입장으로 삼각관계에 개입될 요인을 충분히 가진 셈이다.

여기서 그녀는 과거의 경험을 그대로 반복한다. 곧 그녀는 가정을 가진 나이가 든 남성들과 "금지된"(그래서 흔히 비밀로 유지되는) 성적인 관계를 갖는다. 그럼으로써 예전에 엄마와 그랬듯이 남자의 아내와 경쟁 관계에 놓인다. 여기서 남자가 아내를 떠나지 않을 때 아내가 그녀보다 훨씬 더 강자로 드러나기 때문에 그녀는 최종적으로 패할 수밖에 없다. 그러나 릴로의 경우에서처럼 공주들이 스스로 그런 관계를 깨기도 한다. 왜냐하면 이런 관계가 과거에 아빠와의 관계에서 그랬듯 실망스럽게 진행되기 때문이다. 그래서 릴로는 언제나 남자들이 최종적으로는 아빠와 마찬가지로 자신의 뜻대로 되지 않는다는 것을 체험하였다.

이런 연관성 속에서 나는 애인들의 또다른 유형을 소개하려고 한다. 공주의 이미지보다는 오히려 사랑스러운 (그리고 의지할 데 없는) 소녀에 가까운 타입의 여성들이다. 이런 여성들은 "영원한 파파걸"이며, 기혼자와 비밀스러운 관계를 맺고 있는 경우가 많다. 그것도 흔히 가장 비참한 상황 속에 있으면서 언젠가는 남자가 아내와 헤어지고 자신에게 올 것이라는 환상 속에 갇혀 있다. 나는 실제 상담을 통해 수년 동안 비서가 사장에게, 간호원이 과장의사에게, 교사가 교장에게 애인으로서의 역할을 하는 경우들을 보았다. 이런 여성들은 그런 관계 속에서 괴로워하고 있고 최고의 시기를 허비하고 있음에도 불구하고 그 관계에서 벗어나지 못하고 있었다. 이들의 사정을 들여다보면 가정에서 엄마와의 관계는 완전히 단절되어 있었고 그다지 큰 도움이 되지는 않지만 유일하게 가능해 보이는 애정의 원천이 바로 아빠였다. 때문에 이런 유형의 애인들은 늘 애정과 관심의 원천이(지금은 기혼자인 애인을 통해 대변되고 있는데) 열리기를 기다리고 있다. 그녀의 모든 생활은 오로지 "그"를 위해 돌아간다. "그"는 일상적인 생활을 그녀와 함께 지낼 수 없기 때문에 그녀는 자주 혼자가 되고 평범한 생활을 하지 못하게 된다. 그녀는 백설공주처럼 잠에 빠져 자신을 키스로 깨워줄 왕자를 기다리며 자신의 삶을 보내고 있다. 이런 "영원한 애인"들을 도울 방법이 있다면 그것은 이들이 아빠형의 남자에게서 얻으려고 하는 것을 이런 관계에서는 찾을수 없다는 것을 깨닫는 일뿐이다. 그리고 이들과 엄마를 가로막고 있는 증오와 복수의 벽이 허물어지는 일이다. 그래서 이들이 엄마와의 관계를 다시 회복하고 자신의 독립적인 여성성을 긍정할 때 "영원한 애인"의 역할에서 벗어날 수 있다.

상처받는 "유능한 여자"

"영웅"의 외형에서 첫눈에 마마보이의 모습을 찾기 어려웠듯이, "유능한 여자"의 외형에서도 파파걸의 특징이 한눈에 보이지는 않는다. "유능한 여자"는 성적인 매력이 있는 것도 아니고 "공주"들이 갖는 순수한 매력이 있는 것도 아니다. 대신에 이런 여성은 유능하고, 일을 잘하며, 싸우는 법을 알고 있다. 또 직업을 갖고 있는 경우에도 끝까지 노력해서 성과를 보고 마는 사람이다.

우리의 사례들 중에서는 마리아에게서 이런 "유능한 여자"의 모습을 볼 수 있다. 이런 여성들의 전형적인 특징은 성장 가정에서 아빠를 존경했지만 그런 마음을 표현하면 안 되는 분위기에서 자랐다는 점이다. 마리아의 아빠는 아내나 아이들에게 자신의 감정을 표현하지 않는 무뚝뚝한 남자였다. 엄마는 육아와 가사 일로 늘 일이 많았다. 그런 가정의 맏딸이었던 마리아는 일찍이 엄마의 오른손 역할을 해왔다. 그녀가 아빠에 대한 사랑을 공개적으로 표현하지 못하고 아버지로부터 애정 표현을 기대해서도 안 되는 것은 이런 "유능한 여자"들의 운명이었다. 그녀는 엄마 곁에 매여 있지만 그곳이 자신의 자리라고 여기지도 않으며 오히려 늘 아빠 쪽을 바라보았다. 때문에 이런 "유능한 여자"들은 겉으로는 엄마 옆에 있지만 아빠에 대한 충족되지 않은 그리움을 간직하고 있다. 이들은 스스로 부모와의 관계에서 자유로워지기 위해서 먼저 아빠와의 관계가 원만해지기를 원하고 그래야만 후에 엄마와의 관계도 계속 원만할 수 있다고 여긴다. 그러나 마리아는 아빠에게 향하는 이런 마음을 결코 드러내지 못했다. 아빠로부터 이런 마음을 표현할 수 있는 그 어떤 기회나 동기도 얻은 적이 없었다. 그래도 그녀가 아빠의 주의를 끌었던 부분은 그녀의 유능함이었다. 그녀는 최소한 이런 부분을 통해서라도 아빠의 주의를 조금이나마 더 끌어보려고 했다. 이런 욕심이 성과와 실적에 대한 그녀의 욕구를 더욱 가중시켰다. 이렇게 보면 "유능한 여자"들은 아빠로부터 성장하고 있는 여자로서 인정과 관심을 많이 받지 못한 사람들이다. 그리고 이런 부족함이 오히려 "유능한 여자"들을 아빠에게 매이게 하는 결과를 낳았다. 이들의 테마는 너무 멀리 있는 아빠로부터 인정을 받는 일이고 이런 문제는 결혼생활에서 반복될 위험이 충분히 있다.

마리아도 자신의 채워지지 않은 동경을 테오에게로 옮긴 셈이었다. 그녀는 테오로부터 아빠에게서 받지 못한 여성성에 대한 확인과 "여자가 되기 위한 구원"을 기대했다. 물론 테오에게는 이런 기대가 과중한 것이었다. 왜냐하면 아이가 부모에게 받지 못한 것을 결혼 파트너가 쉽게 대신 줄 수는 없기 때문이다.

"유능한 여자"들이 삼각관계에서 "애인"의 역할을 하는 경우는 드물다. 오히려 그들이 "배신당한 아내"의 역할을 하는 경우가 훨씬 더 많다. 과거 성장 가정에서 "엄마의 오른손"이라는 역할에 상응되게 이들은 결혼 생활에서도 금방 모성적인 특성을 가지게 되고, 상황이 요구할 때는 가정에서 전업주부의 역할에 쉽게 고정된다. 그들은 가사, 육아, 내조 등을 맡고 유별나게 여성적인 태도를 취하는 여성들에게 반감을 갖는 경향이 있다. 남편들은 마리아의 곁에서 테오가 그랬듯이 한편으로는 이런 성향이 지속되기를 원한다. 왜냐하면 그런 방식의 삶이 자신들에게 편안하고 안락하며 다른 일을 자유롭게 벌일 수 있기 때문이다. 그러나 다른 한편으로 남자들은 이런 특성을 단점으로 느끼고 흔히 아내들을 비난하고(당신은 여성스러운 면이 없어!) 애인을 찾아가는 구실로 이용한다. "유능한 여자들"들은 소위 "공주"들처럼 유혹적인 매력을 지니고 있지 않기 때문에 애인들의 경쟁 상대가 되지 못한다는 것은 이미 예정된 일이다.

"유능한 여자"의 유형이 겪는 상황들은 물론 과거의 경험에만 관련된 것은 아니다. 우리의 서구적이고 기독교적인 문화가 많은 영향을 끼쳤으며 특히 테오와 마리아처럼 전통적인 관계 유형에 속하는 사람들의 경우는 더욱 그러하다. 이들처럼 가부장적인 경향이 있는 커플은 비대칭적인 관계를 유지하게 된다. 남자가 모든 결정을 내리고 여자는 그의 결정을 따를 뿐이다. 물론 이것이 외면적인 생활에 관련된 것이라고 해도 말이다. 성관계도 이런 사고 속에서 이루어진다. 남자는 여자를 소유한다. 그런데 여자가 아이를 가지면 남자와 동등하거나 심지어 — 엄마로서 — 더 상위의 자리를 차지하게 된다. 때문에 여자를 소유하는 데 익숙해져 있던 남자에게 아내는 위협적인 존재가 되고, 동시에 그에게 더 이상 성적인 매력을 풍기지 못한다. 더구나 여자는 자신의 입장에서 성적인 관심을 부정하려는 경향이 있다. 왜냐하면 순결한 성모의 여성상을 주창하는 기독교적 전통이 섹스가 없는 모성을 강조하고 있기 때문이다. 그러므로 남자에게는 젊고 소위 "딸 같은" 애인을 많이 사귀는 것이 매력적인 일이 된다. 반드시 생리적인 욕구 때문만이 아니라 그들을 상대로 이제 다시 마음 편하게 "위"에 있는 느낌을 가져보고 싶은 것이다.

상담 과정에서 마리아에게 중요한 것은 — 다른 모든 "유능한 여자들"에게도 해당된다 — 결코 한 번도 드러내지 못했던 아빠를 향한 사랑과 동경을 한 번이라도 스스로 발견하고 표현하는 일이다. 이런 과정이 가능할 때 비로소 그녀는 기꺼운 마음으로 엄마에게 돌아갈 수 있고, 엄마와 화해할 수 있고, 자신의 여성성이 자라날 수 있는 토대를 찾을 수 있다. 그녀에게는 엄마에 대한 분노와 증오가 숨어 있었다. 이런 감정들이 극복된 후에야 마리아는 바람직한 방식으로 여자들 사이에서 자신의 자리를 찾을 수 있다.

세 커플의
인생 시나리오

성장 가정에서 생긴 다양한 문제들이 한 사람의 무의식적인 삶의 유형을 만든다. 이 유형에 따라 성인이 되었을 때의 남녀 관계도 새로운 모습을 갖게 된다. 이러한 삶의 유형 혹은 관계의 유형은 전문 분야에서 "시나리오" 혹은 "인생의 각본"이라고도 불린다. 왜냐하면 때때로 사람들은 근본적으로 인생을 마치 미리 짜여진 "각본"에 따라 만들어가는 것처럼 보이기 때문이다. 물론 이런 생각에 대해 엄격한 의미에서는 그런 확증이 없다고 비판적으로 말할 수도 있다. 그러나 우리가 여러 관계에서 맡게 되는 역할들은 단순히 운명적으로 주어지는 것이 아니다. 사람들은 성장 가정에서 유래된 관계 유형을 일시적으로 변형시키거나 바꾸거나 독립적인 다른 대안을 발전시키기도 한다. 하지만 현재의 관계에서 놀라울 정도로 똑같이 모방된 과거의 유형이 나타나고, 특히 위기적인 상황이나 인생의 과도기에는 더 강하게 드러난다. 그리고 스트레스를 받는 상황에서는 많은 사람들이 흔히 과거에 경험했던 위기 극복의 전략과 행동 전략들을 다시 사용한다.

이런 관점에서 보면 삼각관계란 흔히 위에서 설명한 방식대로 일종의 "모방"이라고 말할 수 있다. 마마보이와 파파걸들은 이미 그들의 성장 가정에서 문제가 있는 삼각관계를 경험하였다. 마마보이는 엄마로부터 떨어져서 아빠에게 가는 것에 실패하였고, 파파걸은 아빠로부터 떨어져 엄마에게 가는 일에 실패하였다. 이런 유형의 사람들은 엄마 아빠의 사이에 소위 "어중간하게 걸쳐 있는" 셈이다. 그럼으로써 성인이 되었을 때 삼각관계에 연루될 토대를 이미 가지고 있다.

이제 특정한 삼각관계에 처해 있는 사람들의 "인생 시나리오"를 관찰해 보면 이런 시나리오들이 어떻게 상호 보완이 되고 있는지 분명해진다. 때로는 여러 시나리오들이 마치 맞물려 돌아가는 톱니바퀴처럼 보이기도 한다. 그리하여 사람들은 자신의 행동을 통해서 점점 더 밀접하게 과거의 유형에 연루된다. 예를 들어 애인은 "외도를 한" 남자가 아내를 점점 더 엄마의 이미지로 고정시키는 데 한몫을 할 수 있다. 그러면 아내는 과거에 아빠도 그랬듯이 남자들에게는 그 어떤 것도 기대할 것이 없다는 확신을 갖는다. 그리고 남자는 ─ 애인과 있으면서도 ─ 자신이 다른 관계에서 자유롭지 못했던 것처럼 지금의 관계에서도 자유로울 수 없다는 것을 확인하게 된다.

삼각관계는 흔히 이런 식으로 상호 연관된 시나리오에 의해 비정상적인 코스로 흘러가게 된다. 그리고 해결이 불가능한 것처럼 보인다. 당사자들 중 어느 누구도 탈출구를 찾지 못하고 이런 상황이 고통스러움에도 불구하고 쉽게 벗어나지 못한다.

그러나 또다른 측면도 있다. 우리는 "과거의 경험이 필연적으로 반복되는 것"을 현재의 상황을 보다 바람직하게 만들려는 반복적인 시도로 이해할 수도 있다. 이런 시각에서 볼 때 당사자들이 과거에 겪은 가정 시나리오가 재현되는 삼각관계는 오히려 좋은 기회를 열어주기도 한다. 삼각관계는 각자의 과거에서 해결되지 않은 성장 과정의 문제들을 분명히 보여주기 때문이다. 마마보이와 파파걸은 외도를 통해 아빠 내지는 엄마와 관련된 문제를 다시 한 번 생각할 기회를 얻는다. 그러므로 삼각관계는 모든 당사자들이 유아적이고 자율적이지 못한 관계에서 벗어나 성인으로 성숙할 수 있는 기회가 될 수 있다. 나는 이런 점을 우리의 사례들에서 짧게 설명해 보려고 한다.

테오, 마리아 그리고 릴로

이들의 삼각관계에서는 한 "영웅"이 "유능한 여자"와 "공주"를 차례로 만난다. 테오가 가진 성공에 대한 열의는 엄마의 인정을 받기 위한 괴로운 전투와 아빠와의 경쟁 관계와 관련이 있다. 이런 전투는 그에게 영웅의 신비한 기운을 발산하게 만들었고 이런 모습이 처음에는 마리아에게 대단히 매력적으로 보였다. 왜냐하면 그녀는 아빠로부터 받지 못했던 여자로서의 인정을 이렇게 강한 남자로부터 받을 것으로 기대했기 때문이다. 테오의 입장에서도 처음에는 마리아의 확실하고 강한 사랑 속에서 엄마에게서 느껴보지 못한 안정감을 체험하였다. 또한 그녀의 유능함이 테오가 높이 세워놓은 계획의 실현에 큰 도움이 될 것이라고 믿었다. 그는 마리아에게 멋진 영웅이었고 그녀는 테오에게 모든 것을 허용하고 이해하는 요정이었다. 그런데 이런 관계는 물론 그들이 각자의 행동을 통해서 가정 안에서 인정받을 것이라는 확신이 있을 때 가능한 일이다. 때문에 마리아와 테오의 애정 관계에서는 늘 성과와 실적이라는 테마가 중심적인 역할을 했다. 두 사람은 성과와 실적을 통해 사랑을 표현하고 얻으려고 했다. 이런 시도는 지속적으로 성공할 수가 없다. 그러면서 이들이 가졌던 파트너에 대한 긍정적인 이미지들이 사라지기 시작했다. 마리아에게 영웅이었던 테오는 이제는 오로지 기능적인 일에만 관심을 갖는 배려 없는 기술만능주의자가 되었고, 모든 것을 받아주는 요정이었던 마리아는 이제 아이를 소유하고는 그를 소외시키고 더 이상 그를 위한 여지가 남아 있지 않은 마녀가 되었다.

이와 같은 결함이 생긴 상황에는 공주의 유형에 해당되는 릴로가 딱 들어맞는 사람이었다. 릴로가 보는 테오는 유능하면서도 관계와 관련된 일에서는 당황하고 소극적인, 말하자면 그녀의 아빠와 같은 남자였다. 그녀는 이런 남자들을 어떻게 다루어야 하는지 잘 알고 있었다. 그녀는 재치 있고, 비판적이며, 섹시했다. 바로 그런 특성 덕분에 최소한 조금이나마 아빠와 마음을 터놓고 이야기할 수 있었다. 그리하여 처음에는 테오가 그녀를 대단히 설레게 했다. 그녀가 느끼기에 아빠와는 이루지 못한 일을 테오와는 해낼 것 같았다. 바로 한 사람의 새로운 남자를 만들어내는 일을 말이다. 사실 이것도 아빠의 구원자가 될 수 있다는 희망 속에서 좋은 쪽으로만 치우친 사랑의 환상에 불과했다.

결국 이런 시도가 그녀의 소망처럼 성공할 수는 없었다. 왜냐하면 마리아의 심각한 반응으로 인해 테오는 망설이게 되었고 릴로와의 관계를 중단할 생각도 하면서 소극적인 태도를 취했기 때문이다. 그럼으로써 릴로는 다시 과거와 똑같은 삼각관계에 빠져버린다. 마리아에 의해 대변되는 엄마와 테오에 의해 대변되는 아빠 그리고 자신 사이에 삼각관계가 형성된다.

그런데 사실은 마리아와 테오도 각자 성장 가정에서의 삼각관계를 그대로 따라하고 있었다. 마리아는 삼각관계 속에서 고통을 느끼면서도 테오의 모습에서 도피하는 아빠를 다시 경험하였고 과거 엄마의 영향권에 매여 있던 자신의 모습도 다시 보았다. 그녀는 이제 한 번이라도 애인의 입장으로 살아보는 것이나 엄마의 영역으로부터 빠져나오는 일은 불가능할 것 같았다. 테오의 경우에는 삼각관계를 통해 마녀 엄마에게 대항하고 요정 엄마를 위한 그의 전투가 다시금 실패할 위험에 처하게 되었다. 그는 자신이 쌓아온 모든 것을 포기해도 (어머니의) 무조건적인 사랑을 가질 수 없다는 것을 확인한 것 같았다. 성취와 실적을 위주로 하는 사랑은 다시금 패배한 것처럼 보였다. 그리고 인생의 안락한 측면들, 흥미, 여유, 그리고 아름다움은 도달할 수 없는 삶의 환상으로 남을 것 같았다.

이런 관점에서 분명하게 드러나는 사실이 있다. 모든 당사자들이 각자 성장 가정의 과거사를 함께, "배신을 당한" 마리아도 포함해서 모두가 함께 재현하고 있다는 점이다. 마리아도 나름대로 자신의 시나리오를 따르고 있다. 그녀는 자신의 시나리오가 그렇게 정해져 있기 때문에 아빠와 그런 체험을 했던 것이고 다시 테오와 그런 체험을 했던 것이다. 그런데 "배신을 당한 사람"은 충격과 상처로 인해 이런 부분을 제대로 보고 인정하기가 쉽지 않다. 만약 이런 측면을 인식할 수 있다면 대단히 긍정적인 결과를 가져올 수 있다. 왜냐하면 아무런 의미가 없는 희생자 입장을 포기하는 일이 그들에게 아직 발견하지 못한 가능성을 찾을 수 있는 희망을 주기 때문이다. 그럼으로써 이들이 갈등을 바람직하게 해결할 수 있는 기회가 커지기 때문이다.

만약 이런 기회들이 활용된다면 모든 당사자들은 각자가 풀지 못한 채 성장 가정에서부터 이어져온 문제들을 인식하게 될 것이다. 예를 들어 테오는 아내의 이미지와 엄마의 이미지를 분리하는 일과 대면하게 된다. 그리고 그가 외도라는 방식으로는 엄마의 영향권에서 빠져나올 수 없다는 것이 분명해진다. 그는 결국 엄마의 부정적인 측면(마리아)과 이상화된 측면(릴로) 사이에서 이리저리 방황했던 것이다. 또한 그가 애인으로부터 기대했던 사랑은 어린 소년이 사랑을 받으면서도 인생을 위해 벗어나기를 원하는 엄마에게 가졌던 기대였으며 결코 성인이 된 남자가 성인이 된 여자에게 가졌던 사랑이 아니었다. 테오가 그린 그림을 보아도 그는 두 여자를 꼭 붙들고 있다! 결국 테오는 엄마와의 결속감이라는 문제, 곧 "마마보이"라는 자신의 숨겨진 특성과 대면하게 되었다. 테오와 같은 영웅들은 흔히 이런 문제가 자기 이미지와 부합되지 않기 때문에 거부 반응을 보이기도 한다. 이와 더불어 진정한 남자가 되는 일이 새로운 테마로 등장했다. 그가 이제 성숙한 남자가 되기 위해 정신적으로 변해야 한다는 점은 분명해졌다. 그러기 위해서는 아빠와 해결되지 않은 문제들을 다시 한 번 생각해 보아야 했다. 아빠와의 문제가 늘 그의 내면에 앙금처럼 남아 있었기 때문이다. 아빠와 화해를 하는 것이 확고한 남성 정체성의 개발을 위한 첫걸음이었다. 테오는 남성으로서의 확고한 정체성을 지니고서야 마리아 앞에 성숙한 남자로 나설 수 있었다.

한편 마리아는 삼각관계를 통해 엄마로서의 자신의 역할에 대해 다시 한 번 생각하게 되었다. 그녀는 외도라는 사건을 통해 고통스럽긴 했지만 "엄마"의 역할에만 고정된 자신을 발견하였다. 사랑받았지만 너무 멀리 있었던 아빠에게 다가가는 길은 다시 폐쇄된 것처럼 보였다. 결국 그녀는 자율적이고 자기 의식을 지닌 열정적인 여성으로서 다시 태어나는 문제와 대면하게 되었다. 이미 50세를 넘은 마리아와 같은 여성에게는 대단히 많은 용기와 확신을 요구하는 일이지만 결코 희망이 없는 것은 아니었다. 마리아는 이런 과제를 놀랍게도 적극적으로 받아들이고 새로운 방식으로 자신을 평가하고 체험하는 법을 배우게 되었다. 그녀가 다시 직업을 가지게 된 것도 큰 역할을 하였다. 이런 그녀의 변화가 부부 관계에 끼친 반작용은 그녀 스스로도 놀랄 정도였다. 떨어져 지내는데도 불구하고 그녀는 테오에게 더 친근감을 느꼈고 성적으로도 더 많은 생동감을 느꼈다. 두 사람이 공간적으로 헤어져 있는 동안 그녀는 편지에 이렇게 썼다. "한여름의 더위를 극복하고 인생이 테오와 나의 불꽃을 타오르게 해주었다." 이 불꽃이 결코 쉽게 꺼지는 지푸라기의 불꽃이 아니라는 것이 후에 확인되었다. 마지막 상담 이후 반 년이 지난 후에 섹스에 대해 질문을 하자 마리아는 "다시 즐거워졌다"고 대답했으며 테오는 "문제가 없고 행복하다"고 썼다. 두 사람은 당시에 50의 문턱을 넘었다. 그리고 릴로와의 외도 때문에 심각한 위기가 생기기 전에 이들 사이에는 이미 수년 동안 섹스가 없는 것과 같았다. 그런데 이런 변화가 일어났던 것이다.

릴로 역시 삼각관계를 통해 아빠와의 문제를 알게 되었다. 예전부터 그녀가 나이든 남자들과 연애를 했던 일이 모두 똑같이 해결되지 않은 과거의 반복이라는 것을 깨닫게 된 것이다. 그녀는 언제나 아빠를 위해 더 나은 여자가 되기를 원했고 혼자서 그를 정복하고 싶었다. 그럼으로써 그녀는 늘 엄마와 경쟁 관계에 있게 되었고 스스로는 미성숙한 소녀로, 나이가 많고 경직된 사고의 남성들과 관계를 가지면서 자신은 소진되어 가는 공주로 남아 있게 되었다. 릴로의 과제는 아빠의 영향권에서 벗어나 엄마와 화해를 하는 것이었다. 그녀는 진정한 내면에서부터 아빠에게 이렇게 말할 수 있어야 한다. '나는 아빠의 부인이 아니라, 아빠의 딸이에요'라고 말이다. 그리고 "엄마는 아빠를 위해 더 나은 여자에요"라고 말이다. 또한 엄마에게는 이렇게 말할 수 있어야 한다. "당신은 나의 엄마입니다. 그리고 나는 당신의 어린 딸이에요. 그리고 아빠를 위해 적합한 여자는 엄마이지 내가 아니에요." 이러한 방향 전환이 그녀에게 성숙한 여성으로서 새로운 인생을 설계하기 위한 중요한 첫걸음이 되었다. 이제 그녀는 내면적으로 오직 자기 자신을 위해 한 남자를 찾고 그와 함께 아이를 낳고 사는 일을 받아들일 수 있게 되었다. 이런 시기가 바로 그녀가 테오와의 관계로부터 다시 제자리로 돌아온 시점이었다.

알프, 도로테아 그리고 미하엘

이들의 삼각관계를 다루면서 나는 미하엘의 성장 가정에 대해서는 분명하게 그 연관성을 알아내지 못했다. 그를 개인적으로 만난 적도 없고 그에 대한 정보가 거의 없었기 때문이다. 그러므로 나는 알프와 도로테아의 시나리오 유형이 서로 어떻게 연관되어 있는지를 보여주는 것으로 만족해야 한다. 먼저 알프는 자신의 여자 관계 속에서 절망적으로 엄마의 사랑을 위해 싸운 "영웅"이었다. 그와 첫번째 부인의 관계는 과거 엄마와의 관계의 개정판이었다. 그는 엄마와 똑같이 아내에게서도 주로 요구와 가치 절하를 경험하였다. 그는 엄마와 (그리고 그의 첫번째 아내와) 정확히 반대되는 사람인 도로테아를 선택하였다. 그녀는 알프보다 20년이나 어렸고 그를 우러러보아 주었으며 보호받기를 원했고 의존적이었다. 또한 그를 존경하고 그에게 감탄했다. 그는 도로테아에게서 자신이 원했던 것을 찾았다고 생각했고 이 관계를 유지하기 위해 모든 일을 했다. 그의 강요적이고 감시적인 행동은 이런 동기에서 나온 것으로 이해될 수 있다. 그러나 강요적이고 간섭하는 그의 행동 때문에 도로테아는 숨이 막혔고 점점 더 적극적으로 자유로워지기를 원하게 되었다. 그녀의 변화에 알프는 위협적인 거부감을 느꼈고 더욱더 그녀에게 매달리게 되었다. 그러자 도로테아는 "배신"이라는 행위를 통해 드라마틱한 방식으로 이런 사슬을 끊어뜨렸으며 알프는 다시금 슬픈 사실을 확인하게 되었다. "모든 전투와 매달림도 아무런 소용이 없어. 여자들이든 엄마든 아무도 나를 원하지 않아. 그들은 나를 거부하고, 그들에게는 나보다 자신의 삶과 발전이 더 중요해."

알프의 강요적인 행동이 다른 한편으로는 도로테아로 하여금 오랫동안 과거의 가정 유형을 그와 함께 반복하는 것을 가능하게 했다. 알프는 그녀를 독재적인 아빠의 영향으로부터 해방시켜 줄 사람이었다. 그녀는 "사랑스러운 소녀" 타입에 가까운 파파걸이었다. 그녀에게는 아빠의 밝고 친절한 면보다는 지배적 측면만이 강하게 드리워져 있었다. 그녀는 혼자서 아빠의 지배력으로부터 벗어날 힘이 없었다. 알프가 그녀를 돕기 위해 힘을 빌려주었지만 결국 그 때문에 그녀는 자신의 과거를 반복하게 되었다. 알프가 아빠의 자리를 대신 차지해 버린 것이다. 이미 외부적 상황이 — 그녀는 알프의 학생이었다 — 옛 관계 구조의 개정판을 예고하고 있었다. 그녀는 제자로서의 역할을 그만두고 엄마의 역할로 바꾸었지만 자신의 상황을 근본적으로 개선하지는 못했다. 그녀는 성장 가정에서부터 엄마의 강한 모습은 본 적이 없고 늘 소극적이고 봉사하는 아내의 모습만을 보아왔다. 때문에 그녀 역시 종속적인 위치에서 벗어날 시도조차 하지 못했다. 그럼으로써 그녀는 알프와의 관계에서 한편으로는 성장 가정에서처럼 소녀로, 다른 한편으로는 엄마로부터 늘 보아왔던 대로 봉사하는 여자로 머물게 되었다. 그러던 중 비로소 미하엘과의 관계가 탈출구를 열어주었다.

이처럼 제3자의 등장으로 발생하는 삼각관계에서 남녀 관계가 성숙할 수 있다는 것은 분명하다. 도로테아의 "배신"은 엄마와의 문제를 한 여자의 사랑을 통해 풀 수 있을 것이라고 여겼던 알프의 환상을 깨뜨렸다. 신뢰할 만한 모자 관계를 원하는 그의 절망적인 그리움을 파트너의 입장에서 충족시켜 줄 여자는 이 세상에 없다는 것이 확실해진 것이다. 왜냐하면 그와 엄마의 관계는 파트너와의 관계와는 다른 측면이기 때문이다. 어쩌면 이런 깨달음이 알프에게는 고통스러웠을 것이다. 때문에 그는 도로테아가 집을 나간 후에 상담을 받아보기로 결정하였다.

도로테아에게 미하엘은 마치 첫사랑의 파트너와 같은 존재였다. 비록 그녀가 첫사랑을 운운할 시기가 훨씬 지났고 이미 아이들의 엄마였지만 완전한 독립을 하려면 이런 관계가, 특히 그와의 섹스가 필요했다. 막상 그녀의 자율성이 조금씩 회복되자 미하엘과의 섹스는 뒷전으로 밀리게 되었고 나중에는 완전히 그만두게 되었다. 그 대신에 그녀의 직업적인 정체성과 발전의 문제가 매우 중요해졌다. 그리고 이것이 그녀가 심리적으로 성숙한 나이로 들어서는 결정적인 토대가 되었다. 그녀는 스스로 놀랄 정도로 그래픽 디자이너로서 뛰어난 능력을 발견했고 이 분야를 새롭게 공부하기 시작했다. 그녀는 이를 위해 알프의 집에 머물고 있는 아이들과 헤어지는 것조차 감수하였고 물질적으로도 쪼들리는 생활을 해야 했다. 내가 바로 도로테아에게서 인상 깊게 느꼈던 점은 그녀가 개인적인 발전의 길을 가기 위해 강한 원초적 힘을 발휘했다는 점이다. 그녀의 의지는 너무도 강력해서 파생되는 모든 어려움들을 받아들이고, 그 결과를 감수할 정도였다.

리아, 토마스 그리고 아르민

만약 우리가 파파걸의 두 가지 유형을 "공주"와 "유능한 여자"의 두 극점으로 표현한다면 아마도 리아는 두 극점의 중간쯤에 놓을 수 있을 것이다. 리아는 두 가지 유형의 특징을 모두 지니고 있다. 그녀와 아빠와의 관계는 대단히 친밀하였지만 엄마가 질투를 하면서 두 사람 사이가 너무 가까워지지 않도록 감시했기 때문에 결코 공개적으로 그런 친밀감을 표현할 수 없었다. 엄마는 아빠의 사랑에 대해 확신이 없었기 때문에 남편이 자신보다 딸을 더 매력적으로 여긴다는 모든 신호에 대해 대단히 민감하게 반응하였다. 그리하여 아빠와 딸의 상호 감정은 비밀스럽고 금지된 것이었다.

토마스와의 관계는 여러 가지 측면에서 이런 상황에서 빠져나오려는 해방의 시도였던 것이다. 엄격한 가톨릭 교육을 받은 그녀가 역시 독실한 가정 출신의 남자인 토마스와 함께 지내게 되었다. 그들은 결혼은 하지 않고 단지 그렇게 함께 살았을 뿐이었다. 그리고 직업적으로도 마약중독자들을 상대하는 사회활동가인 토마스는 부모님의 이상에 전혀 맞지 않았다. "사랑스러운 소년"의 유형인 토마스는 지나치게 남성적인 아빠와는 정반대의 사람이었고 때문에 아빠로부터 멸시를 당했다.

리아의 파트너 선택은 사실 저항을 위한 선택이었다. 그녀가 아빠와 정반대의 사람과 결혼한 것은 마침내 아빠와의 불행한 결속감을 끊어버리기 위해서이며 "금지된 것"을 시도함으로써 엄격한 엄마로부터 벗어나기 위함이었다. 그러나 저항적 선택은 언제나 최종적으로는 새로운 대안이 아니라 그저 보이지 않는 방식으로 기존의 유형을 그대로 따라하는 것임이 드러난다. 토마스와의 관계가 원래부터 지니고 있는 "금지된 된 일"이라는 특성 속에서 그녀는 자신에게 금지된 아빠와의 관계를 계속 유지하였다. 그리고 아빠와 정반대의 사람인 토마스를 선택함으로써 아빠와의 관계는 전혀 해결되지 않은 채로 남게 되었다.

리아가 아이를 갖고 결혼을 함으로써 금지되었던 관계는 정상적이고 일반적인 관계가 되었다. 그럼으로써 리아는 토마스와의 관계에서 자극적인 매력을 잃어버렸으며, 관계가 오래 지속될수록 점점 더 토마스의 남자답지 못한 점이 신경에 거슬렸다. 그녀는 이런 측면에서 토마스를 자신의 아빠와 비교했다. 물론 언제나 토마스가 불리했다. 토마스는 그녀에게 있어 엄마와 같은 위치가 되었다. 그는 점점 더 의무와 보살핌에 치우치는 집착적인 남자로 보였고, 리아는 점점 이런 그가 진부하게 느껴졌다. 아직 해결되지 않은 아빠와의 문제가 다시 대두된 셈이다. 토마스는 예전에 엄마가 그랬듯이 일종의 제동자였다. 열정과 자극에 대한 리아의 희망과 기대는 다시 예전처럼 "금지된" 아빠에게, "금지된" 다른 대상에게 향하게 되었고, 마침내 평생교육원의 동료인 아르민에게 향하게 되었다. 아르민의 "지나치게 남성적인" 경향은 토마스보다는 오히려 그녀의 아빠에 가까웠다. 아르민과 그녀는 마침내 "금지된 것"을 완전히 경험할 수 있었다. 그럼으로써 삼각관계가 형성되었고 이 사건은 이들의 내적인 문제가 처음으로 실제 드러난 일이었다.

한편 토마스도 리아와 함께 과거의 경험대로 "자기만의 시나리오"를 만들고 있었다. 그는 파트너 선택에서도 엄마와 정반대의 여자를 골랐고, 유능하고 능동적인 리아를 선택하여 엄마의 지나친 간섭에서 벗어나고자 했다. 그러나 이런 선택을 통해 그는 엄마의 충실한 마마보이로 머문다는 전제조건을 만든 것에 불과했다. 왜냐하면 그 스스로 "강한 여자"라고 여긴 리아를 전형적인 엄마의 모습대로 만드는 "사랑스러운 소년"으로 머물렀기 때문이다. 토마스가 아빠를 늘 엄마의 시각에서만 보아왔던 것도 한몫을 했다. 아빠는 늘 배려도 없고 공감대도 가질 수 없는 남자였다. 이런 시각 때문에 토마스가 생각하는 이상적인 남성이란 마초다운 특성이 전혀 없는 사람이었다. 또한 토마스는 리아가 일상생활에서 어떻게든 과거 아빠와의 문제를 연상시키는 일을 하지 않았기 때문에 그녀가 자신의 진짜 문제와 부딪히지 않도록 보호했다. 토마스는 결혼생활에서도 여전히 사랑스러운 소년으로, 아빠와의 연결 고리를 찾지 못한 채 엄마의 영향권에 있는 마마보이로, 그리고 아르민이 나타나기까지는 남성성에 대해 완전히 포기해야만 했던 남자 아닌 남자로 남아 있었다.

끝으로 아르민은 리아와의 관계를 자신의 돈주앙 같은 기질을 발휘하는 여러 관계들 중 하나로 여겼다는 의미에서 삼각관계 안에서 역시 나름대로의 과거를 반복한 것이다. 리아는 그의 희망을 깨우고 다시 실망을 안겨주었던 그런 여자들 중 한사람에 불과했다. 그는 삼각관계가 진행되면서 결국 그녀와의 관계가 더 발전될 수 없다는 것을 깨닫는 외로운 영웅으로 남게 되었다.

성장 과정의 측면에서 볼 때 리아와 아르민의 관계는 다음과 같이 정리할 수 있다. 리아에게 있어서 아르민과의 관계는 마치 근친상간의 관계를 경험한 것 같았다. 처음부터 이 관계가 오래 지속될 수 없을 것이라는 점에는 의심의 여지가 없었다. 그럼에도 불구하고 그녀는 아르민과의 관계에 대해 거부할 수 없는 매력을 느꼈다. 마치 그녀가 모든 것을 불사하고라도 겪어야 할 과정 같았다. 아르민과의 관계가 충분히 무르익었을 때 그녀는 또한 그와의 관계를 끝내는 것이 필연적인 일인 것처럼 미련 없이 손을 놓았다. 그러나 최종적으로 아르민과의 관계를 정리하기 위해서는 앞에서 이미 설명한 과거와의 연관성을 인식해야 했다.

여기에 토마스가 아르민이 던진 도전을 받아들였던 것이 큰 도움이 되었다. 그는 지금까지 가정에서 자신의 역할에 대해 의문을 제기하고 모든 일에서 그리고 모든 사람들에게 사랑스러운 소년이 되고 싶었던 자신에게 분노하게 되었다. 그는 자신의 여성적이고 유약한 측면을 거부하기 시작했다. 이 때문에 리아와 격렬한 논쟁이 일어났고 가사와 육아도 새로이 분담하게 되었다. 또한 토마스는 직업적으로도 변모했다. 그는 마약상담소에 사표를 내고 큰 회사의 사회 활동 업무를 맡게 되었다. 실적 위주의 분위기가 지배적인 새 직장을 그는 새로운 도전으로 받아들였다. 그럼으로써 여러 가지 상황이 크게 변했다. 토마스는 아빠에게도 마음을 열게 되었고, 생활방식과 자세를 바꾸는 사이 성적인 측면에서도 생동감이 살아나기 시작했다. 그리하여 리아는 스스로 아르민과의 관계를 포기하고 토마스와 새롭게 시작하기로 결정하였다.

토마스와 리아의 경우를 통해서 알 수 있듯이 성장 가정의 관계가 재현되는 일이 당사자들을 반드시 과거의 문제에만 고정시키지는 않는다. 그런 재현의 과정이 현재 존재하는 성장의 문제점들을 드러내주고 새로운 미래의 가능성을 열어주기도 한다.

그러나 만약 위기 상황과 관련된 이런 관점이 너무 일방적으로 강조된다면, 더 이상 발전을 위해 도움이 되는 것이 아니라 과거의 문제에 숙명적으로 매이게 될 뿐이다. 그래서 때때로 자신의 과거에 너무 집착하는 사람들은 성장 가정에서의 경험을 구실로 이용하기도 한다. "나는 어쩔 수가 없어. 나의 채워지지 않은 모성의 그리움 때문에 나는 외도가 필요해!" 이런 경우에는 과거지향적인 설명이 악용된 것이고 풍자적인 만화로 전락된 것이다. 미래지향적이고 발전지향적인 사고 속에서만 과거와 관련된 설명이 위기의 극복을 위한 근본적인 해결책이 될 수 있다. 왜냐하면 사람은 역사성을 가진 존재로서 자신의 과거를 통해 스스로를 이해하고 자신의 삶을 과거와 함께 계속 발전시켜야 하기 때문이다.

5 외도를 해결하는 다섯 가지 유형

앞에서 나는 다양한 관점에서 외도와 삼각관계를 설명했다. 언제나 나의 관심사는 외도라는 위기를 발전의 기회로 만드는 일이었다. 그러나 발전지향적인 표현 방식만으로 해결 전략을 간단히 찾을 수 있는 것은 아니다. 이 점이 분명히 전달되었기를 바란다. 외도라는 위기의 해결책은 많은 논쟁과 자기 자신에 대한 정직함, 올바른 의식, 시행착오에 대한 용기와 감수하기 어려운 결과를 요구한다. 그런데 정말 그렇게 복잡해야만 하는 걸까? 사실 전문적인 견해를 전혀 들어본 적이 없어도 외도와 관련된 상황들을 잘 견디는 사람들이 많이 있다. 실제로 사람들이 삼각관계에서 문제가 생길 때 자주 선택하는 일련의 해결책들이 있는데, 이것을 좀더 자세히 분석하는 일도 의미가 있을 것이다. 우리는 여기서 인간 관계에서 무엇이 가능하고 가능하지 않은가에 대해 많은 것을 배울 수 있다. 내가 실제로 본 해결의 시도들에서 다음과 같은 기본 유형들을 찾을 수 있다.

- 외도를 중단한다.
- 외도를 비밀로 한다.
- 외도를 참고 용서한다.
- 삼각관계를 사각관계로 확대한다.
- 삼각관계를 서로에게 공개하고 생활한다.

중단하기,
다음번엔 더 완벽하게?

이 방법은 아주 흔히 사용되는 해결책이다. 삼각관계가 너무 복잡해지면 "배신을 한 사람"이 경우에 따라 크고 작은 고통 속에서 외도를 중단하고 다시 가정으로 돌아온다. 남편 혹은 아내가 제3자와 함께 아름답고 중요한, 예를 들면 성적인 관계를 가졌지만 결코 진정한 친밀감이 생기지 않았던 한 번의 짧았던 "연애 사건"은 때때로 좋은 영향을 미칠 수도 있다. 그러나 이때 사람들은 적합한 시점을 놓쳐서는 안 된다. 흔히 제3자와의 연애가 시간을 끌게 되는 경우가 있다. 예를 들어 "배신을 한 사람"이 애인과의 관계에 더 이상의 미래가 없음을 예감함에도 불구하고 애인에게 끝이라고 말하지 못하는 것은 용기가 없기 때문이다. 그렇게 되면 놓쳐버린 해결책 때문에 비로소 진짜 문제들이 생기기 시작한다. 그러나 이런 연애가 진지한 감정적 관계가 되었다면 갑작스러운 중단이라는 극단적인 해결책은 오히려 역효과를 가져올 수도 있다.

이미 설명했듯이 오래 지속되는 삼각관계는 결코 우연히 생기거나 유지되는 것이 아니다. 삼각관계는 부부관계에 대해서뿐 아니라 당사자들 개인이 과거에 겪었던 일에 대해서도 중요한 사실을 말해준다. 그런데 미처 알지 못했던 사실을 인식하고 자신의 발전을 위해 유용하게 만들 수 있는 기회가, 억지스러운 헤어짐이라는 극단적인 해결책이 선택될 때 오히려 사라질 수 있다. 이해와 융합을 가능하게 할 최상의 방법이 다시 멀어지고 붕괴되고 무시된다. 때문에 억지로 강행된 외도의 중단 후에는 부부관계도 비록 겉으로는 수년 동안 유지된다고 해도 진정한 의미에서는 이미 각자의 길을 가게 되는 경우가 많다. "배신을 당한" 사람은 "배신을 한 사람"이 외도를 중단했음에도 불구하고 자신의 화와 분노를 진정시킬 수 없다. 왜냐하면 심리적으로 보면 파트너와 제3자의 관계는 아직 끝나지 않았기 때문이다. 또한 "배신을 한 사람"은 예를 들어 새로운 외도를 시작하여 이번에는 더 잘 은폐함으로써 강요된 중단에 대해 복수를 하기도 한다.

내가 생각하기에는 무엇보다도 "배신을 당한 사람"에게 중요한 것은 다음의 사실을 분명히 아는 일이다. 외도의 갑작스러운 중단이 결코 그가 기대했던 결과를 가져오지는 않는다는 점이다. 당사자가 아직 내적으로 그럴 준비가 되어 있지 않다면, 외도를 중단한 파트너로부터 무엇을 기대할 수 있겠는가? 파트너가 진정한 의지를 갖고 중단했을지라도 여전히 그의 사랑이 있는 곳에 그의 마음이 머물렀을 텐데 말이다. 형식적인 중단으로 이런 사랑을 변화시킬 수는 없다.

스스로 외도를 극단적으로 중단하려는 의지가 있거나 준비가 되어 있는 "배신을 한 사람"도 잘 생각해 보아야 한다. 그와 애인 두 사람이 함께 경험한 모든 것들에 비추어볼 때 그렇게 행동하는 것이 과연 가능한 일인가? 혹시 어느 날 갑자기 뚝 끊어버릴 수 없는 인간적으로 소중한 관계가 만들어진 것은 아닌가? 부부에 대한 인간적인 책임감과 더불어 애인과의 관계에 대해서도 그저 쉽게 전혀 없었던 일처럼 무효화시킬 수 없는 책임감이 필요한 것은 아닌가?

우리는 여기서 흔히 외도에 대한 도덕적 사고로 인해 간과하고 있는 애인의 마음과 감정도 중시해야만 한다. 이런 상황에서 갑작스러운 관계 단절로 어떤 해결을 시도하려는 사람은 일을 너무 단순하게 생각하는 것이다. 그런 사람은 아마도 외형적으로는 일시적인 안정을 얻지만 결국 과거의 상황을 다시 재현하게 될 것이다. 내적으로도 모든 당사자들의 상황이 더욱 악화될 뿐이다.

숨기기,
위험한 이중생활

갑작스러운 관계의 중단과 함께 숨기기의 방식 역시 가장 흔히 쓰이는 해결 방법이다. 파트너에게 제3자의 존재를 비밀로 하는 것이다. 이런 방법을 쓰는 동기는 대부분 파트너가 이런 사실을 알게 되었을 때 발생할 일에 대한 두려움 때문이다. 그런데 이런 해결책을 쓰는 사람들은 언제나 파트너가 자신의 외도 때문에 잃은 것은 아무것도 없으며, 오히려 예전보다 더 많은 것을 얻게 될 것이라는 식의 구실을 갖다붙이곤 한다.

하지만 만약 파트너가 자신의 외도를 알게 되면 견딜 수 없을 것이며, 완전히 무너질 것이고, 심지어 자살을 하게 될지도 모른다는 두려움 때문에 "배신을 한 사람"은 이중생활을 시작한다. 비록 이런 생활이 외형적으로 수년 동안 가능하다고 해도 나의 경험에 따르면 최종적으로 결코 좋은 결과에 이르지 못한다.

우선 전반적으로 기만하고 기만당하는 상황이 생긴다. 비록 "배신을 한 사람"이 자신의 입으로 거짓말을 한 것은 아니라고 해도 말이다. 그러나 파트너는 분명히 공동생활이라는 근본적인 원칙에 있어서 기만을 당하고 있다. 파트너와의 친밀감과 애정도 필연적으로 감소될 수밖에 없다. 혹시 "배신을 한 사람"이 이렇게 느끼지 않는다면 나는 그가 자신의 삶을 쪼개어 완벽하게 분리시키고 있다고밖에는 이해할 수 없다. 곧 그는 파트너와의 삶과 제3자와의 삶을 내적으로 서로 분리시킨 것이다. 그러나 이러한 분리된 생활과 분열적 메커니즘은 심리적으로 분열된 상황을 만든다.

외도를 숨기는 해결책이 우리 사회의 모든 계층에서 수없이 많이 사용되고 있다고 해도 그 부정적 측면이 달라지는 것은 아니다. 오랜 시간이 흐른 뒤에 외도한 사실이 밝혀졌을 때 정신적·육체적으로 최악의 사태가 발생하는 경우가 자주 있다. 오랫동안 지속된 외도는 언제나 커플이 함께 지냈던 방식과 관련된 나름대로의 이유들이 있다. 그런데 오랫동안 그저 비밀로 하는 것은 모든 당사자들이 이런 사건과의 대면을 통해서 각자의 삶과 관계 이상을 다시 생각해보고 수정할 수 있는 기회를 앗아가는 것이다. 비밀로 함으로써 파트너를 보호하려고 했다는 "배려 있는" 주장은 아무 소용이 없는 말이다. 오히려 그와 반대로 이런 일 때문에 사람들은 파트너를 진중하지 못한 사람으로 여길 수도 있고 파트너가 자기 발전을 할 수 있는 ―
아마도 대단히 중요한 ― 기회를 가로막는 일이 될 수도 있다. 사랑
이라는 관계는 우리가 그저 비밀로 숨기고 보이지 않는 곳에 감춰놓
기에는 너무 중요한 일이다.

　지금 말하고 있는 것은 외도를 오랜 시간 동안 숨기는 경우다. 그
렇다고 내가 외도는 언제나 어떤 상황에서든 즉시 파트너에게 공개
해야 한다고 주장하는 것은 아니다. 리아와 토마스의 사례가 보여주
듯어면 특정한 상황에서는 숨기는 것이 더 나을 수도 있다. 아마도
리아가 자신의 "재범"에 대해 극단적으로 솔직하게 말하지 않은 것
은 더 잘한 일이었을 것이다. 토마스는 그녀가 아르민과 다시 만난
것에 대해 전혀 알지 못했다. 겉으로 보기에 그 스스로도 그 일에 대
해 자세히 알고 싶어하지 않았다. 그의 첫번째 반응을 볼 때 리아가
두 번째 고백을 했다가는 아마도 파멸적인 결과가 왔을 것이다. 그런
경우라면 그는 아마도 리아와 끝내는 것을 어떤 의무 같은 것으로 느
꼈을 것이다. 그러므로 기만적인 숨기기에 대한 이상적 대안이 언제
나 어떤 상황에서나 즉각적인 공개는 아니라는 것이다. 이런 방법이
때로는 대단히 많은 문제점을 지니고 있을 수도 있다.

　더 자세히 들여다보면 즉각적이고 배려 없는 솔직함이란 파트너
들이 자신의 정신상태를 다른 사람의 눈앞에서 마치 펼쳐 있는 책장
처럼 자세히 보여야 한다는 욕구에서 나온 것이다. 그 뒤에는 물론
사랑하는 파트너와 완전하게 하나가 되겠다는 환상이 숨어 있다. 두

사람 사이에는 결코 비밀스러운 부분이 있어서는 안 된다고 믿는 것이다.

즉각적이고 배려 없는 솔직함은 또한 흔히 상대에게 면죄를 기대하는 일종의 참회의 고백 형식으로 나타난다. '배신을 한 사람'은 상대방에게 "너는 결코 양심의 가책을 느낄 필요가 없다"는 말을 듣기 위해서 자신의 잘못을 인정한다. 만약 배신을 당한 사람이 파트너의 외도에 대해서 전혀 알고 싶지 않다고 말한다면 이 말은 다음과 같은 배경에서 나온 것이다. 곧 배신을 당한 파트너들이 자상한 엄마 혹은 아빠의 역할로 악용되고 싶지 않다는 생각을 하고 있는 것이다. 아마도 자상한 엄마 혹은 아빠라면 외도를 저지른 자식에게 이렇게 말할 테니까 말이다. "많은 경험을 하렴, 나의 아들, 혹은 딸아! 너에게 큰 도움이 될 거야."

자신의 외도에 대해 그렇게 관용 있게 반응하기를 바라는 무리한 요구가 파트너의 후회 섞인 고백과 함께 드러나는 경우가 자주 있다. 이런 경우에 극단적인 솔직함은 결코 문제에 다가가려는 해결의 시도가 아니라 자신의 행동에 대한 책임에서 도피하려는 시도에 불과하다.

배려 없는 솔직함은 마지막으로 거의 사디스트적인 마조히즘의 사고라고도 말할 수 있다. '배신을 한 사람'은 파트너에게 자신이 애인과 함께했던 모든 일들에 대해 자세히 설명한다. '배신을 당한 사람' 역시 이런 모든 이야기를 샅샅이 알려고 한다. 흔히 여기에는 통제의 동기가 혼합되기도 한다. "저는 그가 애인과 한 일에 대해 모조리 듣지 않으면 그에게 제가 더 이상 아무런 영향도 끼칠 수 없을 것 같은 두려움이 생겨요." 하고 한 여성은 나에게 말한 적이 있다. 때문에 그녀는 거의 죽을 정도로 괴롭지만 파트너를 잃지 않기 위해 그에게서 애인과의 이야기를 상세히 듣는다고 한다.

따라서 "극단적인 솔직함"에 대한 합의, 곧 외도라는 문제와 관련해서 모든 것을 즉시 솔직하게 터놓아야 하는 것이 파트너들의 기본적인 의무라는 생각은 대단히 비판적으로 재고해 보아야 할 문제이다. 나는 "극단적인 솔직함" 대신에 스스로 책임지는 솔직함에 대해 찬성한다. 자기 책임하의 솔직함이라는 것은 상황에 따라서 나의 결정이 가져올 수 있는 문제점에 대해 충분히 인식한 후에 특수한 경우 일정한 기간 동안 파트너를 끌어들이지 않는 것을 말한다.

우리의 사례들에서 보면 리아는 처음에 단순히 양심의 가책과 무력감에서 자신의 "재범"을 숨겼다. 그러나 얼마 지나지 않아 그녀는 아르민이 커플 파트너로서는 적당하지 않다는 것을 깨달았다. 오히려 점점 더 그녀가 얼마나 인간적으로 토마스에게 끌리며 얼마나 많이 그와 연대되어 있는지가 분명해졌다. 그 밖에도 그녀는 토마스의 결정적인 변화를 보았고 만약 그가 진실을 알게 된다면 이런 희망찬 새로운 시작이 무너질 것이라고 추측할 수밖에 없었다. 그래서 그녀는 일단 말하지 않고 기다렸으며 토마스와의 관계가 다시 안정되고 아르민과의 관계가 점점 느슨해질수록 비밀로 하기를 잘했다는 생각이 들었다. 토마스가 직접적인 이야기를 듣지 않은 상태에서 그녀는 아르민과 헤어졌고 토마스를 다시 새롭게 선택하였다.

　토마스가 이런 사실을 후에 알게 되었는지에 대해서는 알지 못한다. 단지 커플의 발전 단계에서 비밀 유지가 필요한 시점이 있다는 것을 확인했을 뿐이다. 왜냐하면 어떤 사실을 알게 됨으로써 파트너 사이를 가로막고 새로 생긴 친밀감을 방해하는 감정이 생길 수 있기 때문이다. 한 사람의 외도가 영원히 비밀로 남는 것은 그저 이런 외도가 더 이상 아무런 의미를 갖지 않고, 덮어둠으로써 오히려 진실 속에는 없는 의미를 얻으며, 또한 그 커플이 관계의 발전상 이제는 전혀 다른 지점에 이르렀기 때문이다.

참고 용서하기,
용서했지만 상처는 깊다

이러한 해결책은 흔히 "배신을 한 사람"의 공개적인 혹은 마음속에 담긴 소망에 상응되는 것이다. 곧 외도로 인한 문제가 파트너의 관용을 통해 극복되어야 한다는 바람이다. 이런 생각은 심지어 "배신을 한 사람"이 상담자에게 도움을 청하는 숨겨진 동기가 되는 경우도 자주 있다. 그래서 테오도 세 개의 뗏목이 있는 자신의 그림에 "한 배 위에?"라는 제목을 붙였다. "배신을 한 사람"은 때때로 자신의 외도에는 이유가 있다고 주장한다. 예를 들면 이런 말을 한다. "너는 언제나 나를 소외시켰어. 너는 어차피 나와의 섹스를 즐거워하지 않아. 그러니까 내가 여자친구와 관계를 갖는 것을 허용해 줘야해!" 이런 이유들로 파트너는 관용의 자세를 보여야 할 것 같은 강요를 당한다. "배신을 당한" 많은 사람들이 — 나의 경험에 따르면 주로 여성들이 — 언제나 이런 강요에 순응할 준비가 되어 있다. 그들은 외도를 너그럽게 관용하고 심지어 자신은 괜찮다고 주장하기까지 한다. 나의 생각으로는 이런 관용은 자기 기만에 지나지 않는다. 어떤 경우에든 누군가 관용이라는 해결책을 쓰기로 결정했다면 이런 방식이 가진 의미와 결과를 잘 생각해야 한다. 여기에 대해 몇 가지 예를 들어보겠다.

이런 종류의 "관용의 합의"는 일반적으로 "배신을 당한 사람"이 입는 깊은 상처와 필연적으로 나타나는 실망을 전제로 한다. "배신을 당한 사람"은 처음으로 외도에 대해 알게 되었을 때 좌절과 실망을 느끼지 않을 수 없다. 이런 반응은 파트너들이 이미 오랫동안 성적인 접촉이 서로 없었다고 해도, 혹은 심지어 한 사람이 다른 파트너에게 성적인 욕구 충족을 위해서라도 섹스 파트너를 찾아보라고 권유했다고 하더라도 언제나 나타날 수밖에 없는 감정이다. 외도가 실제로 일어난 후에는 거의 언제나 깊은 실망과 절망감이 드러난다. 왜냐하면 사실은 외도라는 사건만은 일어나지 않기를 기대하는 마음이 있었기 때문이다.

파트너의 외도에 대해 관용을 베풀기로 결정한 "배신을 당한 사람"은 자신의 결정 때문에 진정한 감정을 속여서는 안 된다. 있는 그대로 받아들이고 내보여야 한다. 그렇지 않으면 "배신을 당한 사람"은 자신의 진정한 감정들을 그저 밀어내게 되고, 내몰린 감정들은 소화되지 않은 채 남게 되며, 결국 언젠가는 관용의 합의가 실패로 끝나게 된다. 두번째로 중요한 것은 "배신을 당한 사람"이 "배신을 한 사람"을 보호하려고 하지 말고 있는 그대로의 감정으로 그와 대면하는 일이다. 실망과 절망의 감정들은 외도를 통해 생겨난 것으로 이제는 현실의 일부분이라고 할 수 있다. 외도 때문에 느끼는 감정들을 "배신을 한 사람"도 접해보아야 한다. 그래야만 그가 환상 속에서 관용의 합의만으로 모든 것이 다 잘될 것이라는 생각을 하지 않게 된다. 관용의 합의가 이루어졌다고 해고 모든 것이 해결되는 것은 결코 아니다. 이런 사실을 증명하는 현상이 바로 "배신을 당한 사람들"이 위기가 지난 뒤에 파트너 곁에 있으면서도 고독해지고, 무력해지고, 혹은 아무런 흥미를 느끼지 못하며, 심한 상처를 입거나 고통을 느낀다는 사실이다.

그 외에도 모두가 분명히 알아야 할 사실이 있다. 외도에 대한 관용의 합의는 원래의 커플 관계를 근본적으로 변화시킨다. 외도라는 사건이 잠시 찾아왔다가 지나갔을 뿐 그 외에 변한 것은 아무것도 없다는 생각은 환상에 불과하다. 우선 외도로 인해 부부간의 친밀감이 감소하고 두 사람의 거리가 점점 멀어진다. 예전에는 문제가 생겨도 이들에게 신의가 있었지만 지금은 신의와 특별한 친밀감도 사라져버렸다.

성적인 관계가 지속되면 친밀감이 생겨나게 마련이다. 제3자와의 지속적인 성적 관계는 커플 사이의 친밀감을 상대적인 것으로, 혹은 비교의 대상으로 만든다. 내가 여기서 말하는 경우는 외도가 막 드러난 순간의 일이 아니다. 사실 외도가 처음 공개되었을 때는 오히려 커플의 섹스를 자극하는 경우도 자주 있다. 그러나 외도가 오랜 시간 동안 기존의 관계와 나란히 지속된다면 커플 사이의 친밀감은 감소하게 마련이다. 이때 일정한 기간 동안은 균형 있는 생활이 이루어질 수도 있다. 다시 말하면 커플 사이의 친밀감은 조금 느슨해지고 애인과의 친밀감은 (아직) 그다지 깊은 상태가 아닐 때 삼각관계는 일정한 균형을 유지하게 된다. 이런 상황은 일반적으로 그저 일정한 기간 동안만 가능한 일이다. 그런 후에는 한 사람과의 성관계와 친밀감이 다시 긴밀해지고 커플 파트너 혹은 애인 중 한 쪽으로 치우치게 된다. 결국 "배신을 한 사람"은 한 사람과는 헤어지게 되거나 최소한 거리감이 생기게 된다. 이러한 결과를 관용의 해결책을 선택한 사람들은 알고 있어야 한다.

물론 관용의 과정을 다르게 겪는 사람들 — 흔히 남자보다는 여성들 — 도 있다. 외도란 것을 단순히 성적인 관계로만 여기고 그 이상의 의미는 없다고 보며 수년 동안 커플 관계를 유지하면서 파트너로부터 관용적인 대우를 받는 사람들이 있다. 나는 이런 사람들은 분열적인 성적 사고방식을 가진 사람이라고밖에는 생각할 수 없다. 물론 그런 방식으로도 살아갈 수는 있을 것이다. 다만 나는 그렇게 살기보다는 분열적인 성적 사고를 총체적 자아 안에서 융화시키는 일이 인간적인 성숙을 위한 과제가 아닐까 생각한다. 물론 어떤 사람

들은 부정과 분열 속에서 살 수야 있겠지만 그럼으로써 삶은 형식적
이고 천박해지며 혹은 생동감도 없고 충만하지도 않게 된다. 또 그
런 사람들은 늘 신경이 쓰이고 불안하며 지속적인 긴장 상태 속에서
살게 된다.

끝으로 관용의 협약이 커플 사이에 더 이상 성적인 관계를 갖지 않
는다는 원칙하에서 이루어진 것이라면 이들의 관계는 분명히 더 느
슨해질 것이다. 심리적으로 볼 때 커플 관계는 지속적인 성관계를 통
해 완성되게 마련이다. 성적인 관계가 파트너들 사이에 특별한 "커
플"의 연대감을 만든다. 그들이 공식적으로 결혼을 했든 안했든 말
이다. 커플 파트너들이 함께 살지만 섹스는 제3자와 하는 방식의 관
용의 협약은 결과적으로 이들의 관계를 생계 유지를 위한 관계,
노동의 관계, 혹은 부모 자식 간의 관계로 전락하게 만든다.
그리고 커플 관계의 진정한 경험은 다른 사람과 하게 된다. 이런 결
과는 서로에 대한 욕구의 포기와 기존 관계와의 이별을 의미하며 새
로운 관계의 시작을 의미한다. 파트너들에게는 다음과 같은 점이 분
명해야 한다. "우리는 더 이상 커플이 아니라 생계 유지를 위한 공동
체이며 특정한 목적을 위해 함께 일하는 작업팀이며 아이들을 보살
피는 부모일 뿐이다." 이제 거주와 생활공동체가 사랑의 관계로부터
분리된 셈이다.

나는 물론 이런 결정이 가능하다고 생각한다. 때때로 이런 형태의
관계가 바람직할 때도 있고 모든 사람을 위해 인간적인 해결책이 되

기도 한다. 왜냐하면 이런 방식의 해결책에서는 특별히 아이들에게 고통을 주거나 완전히 새로운 인생의 변환이 요구되는 것도 아니기 때문이다. 그러나 나는 관용의 협약이 이런 바람직한 결과로 끝나는 경우는 거의 보지 못했다.

대부분 관용의 해결책이란 그저 숨겨진 소망과 희망을 덮어둘 뿐이다. 이런 소망들과 희망은 다시금 좌절되고 원래의 원인이 숨겨진 불유쾌한 갈등이나 전략과 얽히게 된다. 또 커플 관계가 단지 생활을 위한 공동의 팀으로만 함께 살고 애정 관계는 제3자와 유지하는 일이 너무 쉬운 일로 여겨지는 경향이 있다. 서로 진정한 연대감을 가진 커플은 대부분 그렇게 공간적으로 가까이 있으면서 동시에 헤어짐을 견뎌내는 일을 해내지 못한다. 이런 상황은 일반적으로 서로에게 상처를 주고, 끊임없이 고통을 받으면서 완전히 새로운 구조의 생활방식을 만든다.

나는 "관용의 합의"라는 해결책에 대해 다음과 같이 요약해서 말하고 싶다. 만약 한 파트너가 외도를 했고 그 관계가 어느 날 갑자기 끝낼 수 없는 진지한 것이라면, 그렇지만 그가 이 일로 결코 기존의 관계를 위협하기를 원하지 않는다고 맹세하고 관용을 요구한다면, 어떤 면으로는 좋은 의도로 볼 수도 있고 그의 희망사항 정도로 이해할 수는 있지만 현실적인 상황에는 전혀 맞지 않는다. 이런 경우 기존의 커플 관계는 점점 더 위험해지고 근본적으로 잘못 풀리기 시작한다.

물론 우리는 단순히 어떤 경우는 그렇고 어떤 경우는 그렇지 않다고 임의적으로 말할 수는 없다. 중요한 것은 외도의 성격에 달려 있다. 파트너의 외도가 외형적인 모험이 아니라면 커플 관계 자체가 문제시될 수 있다. 그렇게 되면 어떤 의미에서는 기존의 관계가 효력을 상실하게 될 수도 있고 더 이상 감당할 수 없는 관계로 드러나면 새로운 관계 정립이 이루어져야 한다.

사각관계 만들기,
배신당한 사람의 복수

여기서 말하는 해결책이란 "배신을 당한 사람"도 외도를 해서 삼각관계를 사각관계로 만드는 방식의 시도이다. 이러한 해결책은 다양한 관점에서 적용된다. 지금까지 "배신을 당한 사람"이었던 파트너가 상대방의 배신 속에서 자신도 같은 행동을 할 수 있다는 일종의 허가가 이루어졌다고 여길 수 있다. 파트너의 배신 때문에 자신이 당했던 것을 복수하기 위해 외도를 감행하기도 한다. 혹은 고통스러운 부당함에 대한 위로로서 외도를 시도하기도 하고 때로는 원래 자신에게도 있었던 배신의 욕구를 현실화할 수 있는 기회로 이용하기도 한다.

의심할 여지없이 사각관계는 삼각관계에 비해 큰 장점이 있다. 일단 여기서는 균형이 이루어진다. 삼각관계에서는 언제나 한 사람에 대해 두 사람이 존재한다. "배신을 당한 사람"은 일반적으로 이런 점을 특히 부당하다고 느낀다. 이런 불균형이 사각관계에서는 사라진다. 아직 고정되지 않고 실험의 단계에 있는 관계에서는 이런 방식의 상호 균형이 필요하고 중요한 발전을 가능하게 한다. 그리고 이미 정착된 관계에서도 사각관계의 해결책이 막다른 골목에서 빠져나와 새로운 인생을 정착시키려는 사람들을 위한 시도가 될 수도 있다. 또한 삼각관계가 사각관계로 될 때 생기는 긴장감이 일시적으로 전반적인 관계 분위기에 좋은 영향을 끼칠 수도 있다. 이미 나는 깊은 상처를 입고 우울증에 시달리는 "배신을 당한 사람들"과 상담을 하면서 차라리 그들도 사랑의 경험을 할 수 있었으면 하는 바람을 마음속으로 가지기도 했다.

사랑의 체험이 가져오는 강인함과 자기 가치 의식이 파트너와의 동등한 논쟁을 가능하게 할 수 있다. 하지만 이런 시도는 그렇게 쉽게 계획처럼 되지 않기 때문에 결코 일반적인 해결책이라고는 말할 수 없다. 다시 말해서 지속적으로 활용할 수 있는 해결책은 아니라는 뜻이다. 두 사람이 각기 외도를 하는 부부 관계는 모든 관계를 지켜본 나의 경험으로 볼 때 표면적이고 형식적인 관계가 될 수밖에 없다.

한 워크숍에서 만난 커플은 이 해결책을 수년 동안 실천해 왔다고 한다. 두 사람은 때로는 짧게, 때로는 길게 외도를 한다. 그리하여 전반적으로 그들 사이에는 어느 정도의 균형이 유지되고 있다. 그러나 그들을 자세히 바라보니 그들의 눈은 슬픔에 잠겨 있었다. 그것은 마치 이미 사라져버린 가능성에 대해 새로운 시작을 위한 용기도 없이 그저 슬퍼하는 것처럼 보였다. 내가 받은 인상으로는 그 두 사람은 서로에 대한 내적인 그리움에도 불구하고 상대방을 자신을 위해 완전히 소유하는 일을 받아들이지 못하고 있는 것 같았다. 나는 이와 유사한 문제들이 사각관계라는 방식을 시도하는 많은 "진보적인" 커플들에게서도 나타나고 있을 것이라고 생각한다.

삼각관계와 공존하기,
늘 목마른 관계

이 해결책은 세 사람 모두가, 곧 "배신을 당한 사람", "배신을 한 사람", 그리고 "애인"이 상호적인 관계를 만든다는 점에서 관용의 해결책과는 구별된다. "배신을 당한 사람"이 제3자를 알게 되고, 그 사람과 우정의 관계를 맺거나 심지어 세 사람이 함께 사는 것을 시도하기도 한다. 나는 특히 진보적인 경향의 사람들이 이런 시도를 하는 경우를 보아왔다. 셋이서 함께하는 삶의 시도는 다양한 동기를 지니고 있다. 때로는 사고방식의 측면에서, 곧 관계라는 것 안에서 소유욕을 완전히 극복해 보려는 노력으로 시도하는 경우도 있고, 혹은 그저 앞이 보이지 않는 상황에서 어쩔 수 없이 선택하기도 한다.

삼각관계를 인정하고 공개하면서 사는 일이 왜 가능하지 않겠는가? 다만 이런 시도를 하는 사람들은 모든 삼각관계가 지니고 있는 한 가지 사실과 정면으로 대면하게 된다. 두 사람이 한 사람을 나누어 가져야 한다는 사실이다. 두 남자가 한 여자를, 혹은 두 여자가 한 남자를 말이다. 곧 두 사람이 단지 반밖에는 가질 수 없기 때문에 늘 불충분하다고 느낀다. 그리고 다른 한 사람은 두 사람을 가질 수 있지만, 그들을 위해 한정된 시간을 쪼개야 하기 때문에 늘 힘겹고 부담스럽다.

서로 나누어야 하는 두 사람에게는 다른 사람을 부러워하거나 시기하지 않기 위해 심각한 자기 부정이 일어날 수 있다. 때문에 제3자는 끊임없이 타협점을 찾아야 하고 두 사람 각자에게 이런 타협점을 정당한 것으로 이해시켜야 하는 상황에 처한다. 결국 아무것도 포기하지 않고 삼각관계가 공개적으로 유지될 수 있으며, 관용과 상호간의 이해와 사랑으로 이런 삶이 가능하다는 향락주의적 꿈은 실제로는 대단히 힘겨운 일이며 많은 부작용이 따른다. 삼각관계와 공존하는 삶을 시도했던 사람들을 지켜본 결과, 나는 크게 세 가지의 각기 다른 결말을 맺었다.

첫번째 경우에는 세 사람이 ― 두 명의 여자와 한 명의 남자 ― 모든 것을 함께 나누는 방식을 시도하였다. 일상생활, 집, 그리고 성관계까지도 말이다. 이 경우는 관계가 혼란에 빠지는 것으로 결말이 났다. 왜냐하면 당사자들이 오랜 시간 동안 자신의 진정한 감정들, 경쟁심, 질투심, 불만감 등을 억눌렀고 마침내 더 이상 다스릴 수가 없게 되었기 때문이다. 두 여성 중 한 여성이 깊은 상처와 실망을 갖고 먼저 집을 떠났다.

두 번째 경우에도 마찬가지로 두 명의 여성과 한 명의 남성으로 이루어진 삼각관계였다. 여성들은 각기 다른 집에서 살았고, 남자가 교대로 한 번은 여기서 한 번은 저기서 지냈다. 이런 구조에서 늘 반복되는 문제는 얼마만큼의 시간을 한 사람을 위해 쓰고 또 얼마만큼의 시간을 다른 한 사람을 위해 써야 하는가의 갈등이었다. 그가 해야 될 일이 너무 많았고, 자신의 호감도 똑같이 나누어주어야만 했다. 그런데도 두 여성은 언제나 불만족스러워했다. 그들은 점점 더 좋지 않은 상황이 되었고 남자의 사랑을 차지하기 위해 대결하게 되었다. 결국 삼각관계는 2인 관계로 변형되어 해체되었다. 시간이 흐르면서 아이가 생긴 관계가 더 많은 우위를 차지하게 되었던 것이다. 새로 형성된 가족은 다른 한 여성에 대해 경계선을 그었고, 그 여성 스스로도 이런 상황에서는 스스로가 부족하다고 여겨 거리를 두었기 때문이다.

세 번째 경우에서는 두 명의 남자와 한 명의 여자가 삼각관계를 형성했다. 세 명은 각자 자신의 집과 삶의 터전이 있다. 내가 알기로는 이 관계는 여전히 지속되고 있다. 여기서 여자는 두 명의 남자들을 만족시키기 위해 무척 할 일이 많다. 그녀에게는 아이들도 있기 때문에 지속적으로 문제가 되는 것은 자기 자신을 위한 시간을 아주 조금도 내기가 힘들다는 것이다. 자기 자신을 위해 무엇인가 해보려는 모든 시도는 다른 요구나 의무들로 인해 실패하기가 일쑤이다. 그럼에도 불구하고 두 남자들은 너무 적게 받고 있다고 느끼거나 혼자 남겨졌다고 느낀다. 때문에 여기에 존재하는 균형이란 대단히 불안정한 것이라고 할 수 있다. 균형을 유지하기 위해서는 모든 당사자들이 최대한 의식이 깨어 있어야 한다. 어느 누구도 내적으로 이 관계에 집착해서는 안 되며 각자가 내적으로 일정한 거리를 유지하고 있어야 한다. 이것이 바로 흔히 나타나는 관계의 진부함에 대적할 수 있는 뛰어난 대안적 방법이 될 것이다. 그러나 이런 방식이 지속적으로 만족감을 줄 수 있을지는 의심스러울 뿐이다.

삼각관계를 공개적으로 유지했던 사례들에서 두 가지 사실을 알 수 있다. 첫째로 공개적으로 유지되는 삼각관계란 한 사람을 온전히 자기 것으로 소유하는 일을 포기하는 것을 의미한다. 그러나 한 사람을 자기만이 소유하고 싶은 마음은 사실 우리 안에 들어 있는 깊은 동경에 상응하는 것이다. 당사자들이 끊임없이 이런 동경을 거부할 때만 삼각관계가 공개적으로 유지될 수 있다. 대부분의 사람들에게 이런 일은 너무 힘겨운 일이다.

둘째로 공개적으로 유지되는 삼각관계는 당사자들에게 생활 방식에 있어서 연대감이 아니라 홀로서기에 우위를 둘 것을 요구한다. 왜냐하면 이런 관계에서는 연대감과 친밀감을 단지 일시적으로만 경험할 수 있기 때문이다. 보다 성숙한 관계란 단 한 사람과 진정한 친밀감을 느끼는 것이다. 누군가에게 여러 명의 파트너가 있다면 그는 자신을 돌아보기가 너무 힘들어진다. 이 말은 공개적인 삼각관계의 파트너들은 2인 관계에 비해 더 외로운 삶을 — 역설적으로 들리지만 — 선택했다는 뜻이다. 여러 파트너와의 관계는 점점 느슨해지고 각자는 다시 자기 자신 속으로 침잠하게 된다. 이런 상황은 대부분의 사람들에게 부담스러운 일이며 소속감에 대한 깊은 동경과 반대되는 것이다.

삼각관계를 공개적으로 유지할 수 있다는 꿈은 많은 문제점을 지니고 있고 단지 일시적으로만 실현가능한 일인 듯하다. 삼각관계란 어쨌든 불안정한 상태이며 또 계속 그렇게 머물 것이며 언제나 스스로 혹은 2인 관계로 인해 해체될 가능성이 있다.

공개적으로 유지되는 삼각관계를 효과적인 해결책이 아니라고 판단했다고 해서 모든 경우에 커플과 애인과의 관계가 완전히 중단되어야 한다는 뜻은 아니다. 삼각관계가 변형된 형태로 실제로 계속 유지되는 경우도 있을 것이다. 그러나 이런 일은 사전에 서로 충분한 논의를 거치고 연관된 문제들을 이해하고 상처들이 치유되었을 때 비로소 가능하다. 또한 사전에 미리 기존의 커플 관계는 제대로 유지되어야 한다는 분명한 조건을 세워야만 한다. 만약 커플이 서로에 대해 새로운 결정을 내리게 된다면 이것은 애인이 그들의 삶에 중요한 역할을 했음을 뜻한다.

사랑은 그저 단순히 파묻거나 쉽게 바뀔 수 있는 것이 아니다. 그러나 공개적인 삼각관계를 유지하려고 한다면 성관계는 기존의 커플을 위한 것으로 남겨져야 한다. 이 점이 세 사람 사이에 분명하게 이해되었다면 애인과의 관계가 깊은 우정의 관계로 바뀔 수도 있을 것이다. 또한 서로 양해가 된다면 공개적인 삼각관계에서도 결코 성 문제가 완전히 제외될 필요는 없다. 만약 두 사람, 곧 "배신을 한 사람"과 애인이 성관계를 구실로 함께 살려는 것을 분명히 포기했다면 말이다. 선의의 의미로 순화된 섹스는 얼마든지 영혼을 깃들이게 하고 마음을 풍요롭게 하는 요소가 될 수 있다.

가장 바람직한 것은 "배신을 당한 사람"과 애인 사이에 마찬가지로 깊은 우정의 친밀한 관계가 만들어져서 세 사람 모두가 호감과 사랑으로 연결되고 서로에게 아무것도 숨기지 않고 그 누구도 소외되었다고 느끼지 않는 것이다. 그렇게 되면 공개적인 삼각관계 안에서 친밀감의 질에 따라 분명한 경계와 구분이 존재한다. 이제 과거의 외도가 기존의 커플 관계 안으로 융합될 수 있고 모두를 위해 좋은 일이 될 수 있다. 그러나 이런 관계가 되기 위해서는 노력할 수 있는 시간과 발전을 위한 시간이 필요하다. 왜냐하면 위에서 말한 바람직한 상황은 단지 일정한 정도까지만 실현 가능하기 때문이다. 그런 상황이 가능해지기 위해서는 행복한 상황이, 무엇보다도 과거에 "배신을 당한 사람"과 과거의 애인이 진정으로 서로 좋아할 수 있고 그들 사이에 진심 어린 만남이 이루어져야 한다.

6 내 안에서 더욱 자유로운 너

세 커플에 대한
마지막 관찰

지금까지 외도와 삼각관계에 대한 설명을 위해 예로 들었던 세 커플은 지금 어떻게 되었을까? 외형적으로 볼 때 테오와 마리아는 그들의 평범한 삶으로 되돌아갔다. 하지만 그들의 삶은 매우 많은 면에서 변화가 있었다. 마리아는 성인 교육 기관의 직원으로 자신의 새로운 직업적인 정체성을 확고히 갖게 되었고 테오는 큰 관심을 가지고 이 일을 도와주고 있다. 회사 간부로서의 그의 경험이 계획과 조직 분야와 관련하여 훌륭한 힌트를 많이 줄 수 있었다. 그래서 때로는 마리아가 농담조로 이렇게 말하곤 한다. "만약 당신이 퇴직을 하면 내가 독립을 하고 당신은 나의 매니저가 되는 거예요!" 두 사람은 물론 이런 생각을 헛된 환상으로 여기고 있지만, 이들은 언제나

이 환상을 다시 꺼내어 화려한 그림들로 장식하기를 즐기곤 한다. 왜
냐하면 이런 생각이 그들에게 생동감을 주고 새로 얻은 공동의 관심
사와 공동의 미래에 대한 표현이기 때문이다. 자신의 입지를 축소하
려는 테오의 계획들은 우선 실현될 수가 없다. 재정적인 이유에서도
그는 완전히 은퇴하고 싶은 생각이 없다. 그럼에도 불구하고 그는 예
전에 느꼈던 스트레스를 현저하게 줄일 수 있었다. 스트레스와 관련
된 연구들이 반복해서 증명하고 있는 사실을 바로 그에게서 분명히
확인할 수 있었다. 곧 상황이나 사건이 스트레스를 유발하거나 영향
을 주는 정도는 대부분 당사자의 생각에 달려 있다는 사실이다.

테오에게는 이제 성공, 존경, 명성 등이 그다지 중요하지 않다. 이
제 그에게 중요한 것은 마리아와의 관계이다. 때문에 그는 그녀와 함
께 지낼 수 있는 시간과 기회를 더 많이 만들기 위해 애쓰고 있다. 사
실 이런 계획은 실천하기가 매우 어렵다. 왜냐하면 이제는 그녀가 외
부와의 약속이 생기는 일이 자주 있기 때문이다! 이제는 그녀가 그를
찾아다니는 것이 아니라 그가 그녀를 찾아다니는 일이 더 많아지게
되었고, 그럼으로써 마리아는 여자로서 느끼는 자기 의식이 대단히
강해졌다.

그 밖에도 그는 인생 문제에 대해 새로운 관심을 갖게 되었고 음악
과 문학에도 관심을 기울이게 되었다. 의심할 여지없이 이런 관심은
릴로 덕택이어서 그는 언제나 그녀에게 고마운 마음을 가지고 있다.
그는 회사에서 계속해서 릴로와 마주치고, 이 점이 마리아를 불안하

게 만들기도 하지만 테오도 릴로도 더 이상의 행동은 삼가고 있다. 그들 사이에는 적당한 거리감이 생겼고 깊은 연대감의 감정만이 남게 되었다. 그것은 중요한 일을 함께 체험했던 두 사람 사이에 생길 수 있는 그런 연대감이었다. 테오와 마리아 사이에서 새롭게 부활한 섹스의 관심은 지속되고 있지만 사실 이제 섹스라는 테마가 그들에게는 더 이상 그렇게 중요하지 않게 되었다. 왜냐하면 이제는 더 이상 스스로 폐쇄적이 되기 위해 의식의 전면에 섹스라는 테마를 구실로 내세울 필요가 없기 때문이다.

마리아는 이제 외도라는 위기가 자기 자신을 위해 새로운 인생의 시각을 얻고 스스로의 발로 설 수 있는 근본적인 계기가 되었다고 이해하고 있다. 테오는 회고를 통해 릴로와 사랑이 시작되기 이전의 시기를 앞이 보이지 않는 막다른 골목이었다고 말한다. 이제 마리아를 위해 밖으로 향하는 문이 열렸고 반면에 테오의 탈출구는 보다 더 내면적인 곳에 있었다. 그리하여 두 사람은 각자 하나씩의 자율성을 얻게 되었고 이것이 두 사람에게 더 풍요롭고 충만한 만남을 가능하게 했다.

이들이 주고받는 관계는 예전보다 훨씬 더 균형을 이루게 되었다. 왜냐하면 생계 유지의 임무도 이제는 나누어 분담을 하게 된 셈이고, 정신적인 영역에서도 ― 마리아가 직장을 가지고 테오가 새로운 관심을 가지게 됨으로써 ― 예전보다 서로에게 줄 수 있는 것이 훨씬 더 많아졌다. 물론 이상적인 균형을 찾는 것은 이들에게 아직 어려워

보인다. 오늘날 그들은 오히려 예전보다 더 자주 다투지만 솔직하고 과거의 일을 끄집어내는 일은 없다. 테오는 때로는 바깥일에 적극적인 마리아가 지나치다고 여길 때가 있고 마리아는 여전히 테오에 의해 간섭받고 그가 전혀 이해하지 못하는 일에서도 코치를 받는다고 느낀다. 그러나 그들은 이런 논쟁에서도 과거의 일은 들춰내지 말아야 한다는 것을 배웠다. 때문에 이런 논쟁들이 근본적인 문제로까지 확대되지는 않는다.

알프와 도로테아 사이에서는 헤어짐의 절차가 완전히 끝난 후 알프의 노골적인 적대감은 중단되었다. 물론 이번 일에 대한 이야기가 나오면 알프는 여전히 결혼생활이 파탄에 이르게 된 탓을 오로지 도로테아에게만 미루는 경향이 있다. 그러나 아이들 때문에 자주 만나는 일상생활에서는 두 사람 모두 나름대로 잘 해내고 있다. 아이들도 엄마 아빠의 상황을 잘 이해했고 비교적 문제없이 아빠의 집과 그 근처에 있는 엄마의 집을 왔다갔다 하면서 지내고 있다.

알프는 도로테아와 헤어진 뒤에 비교적 빨리 새로운 사람을 만났다. 상담자로서 나는 그가 새로운 관계를 시작하기보다는 삼각관계에서 자신이 책임질 부분에 대해 조금 더 생각해 보는 모습을 보기를 원했다. 그가 새로이 시작한 사랑도 절대적인 사랑으로는 보이지 않는다. 그와 마찬가지로 아이들이 있는 그의 새로운 여자친구는 나이로 볼 때 그에게 더 친근하고 과거의 도로테아만큼 자신의 이상형에 꼭 들어맞는 것처럼 보이지는 않았다. 그의 희망과 소망은 훨씬 더 현실적으로 변한 것 같았다. 도로테아는 그래픽 디자인을 공부한 후 새로운 방식으로 자신의 모습을 찾았다. 그녀는 매우 많이 달라졌고 자기 의식이 훨씬 강해졌으며, 모든 면에서 당당해졌다. 미하엘과의 관계는 여전히 동료로서의 우정으로 이어지고 있으며 지금은 고정 된 파트너십을 시작할 수도 없고 시작하기를 원하지도 않고 있다. 그 러기에는 지금 그녀는 자신의 모든 것에 대해 혼란스러워하고 있다. 다시 새로운 관계에 빠지기에는 생각할 것이 너무 많기 때문이다.

리아는 여전히 토마스에게 아르민과의 관계를 비밀로 하고 있다. 아르민과의 성관계는 그녀로 하여금 여성적인 자기 가치 의식을 대 단히 강화시켜 주었다. 그녀는 여기서 자신이 얻은 것을 수용하였고 동시에 이성적인 사고를 잃지 않는 법을 배웠다. 바로 이런 이성적 사고가 아르민과 같은 남성과 함께 사는 것은 실패할 수밖에 없다는 것을 가르쳐주었다. 그리하여 리아는 애인과 헤어질 것을 확고하게 결정하였고 나쁜 감정 없이 이때의 추억을 되돌아볼 수 있게 되었다.

토마스는 이제 더 이상 집에서 좋은 엄마의 역할로 리아로부터 칭 찬받으려고 하지 않았다. 한 산업체의 사회복지상담가라는 새로운 직업으로 그는 더 많은 돈을 벌었고 그 돈으로 집안일을 돌봐줄 사람 을 쓸 수 있게 되었다. 갑작스러운 생활방식의 변화 때문에 예전에는 안정적으로 이루어지던 모든 일들이 엉망이 되었고, 어쩔 수 없이 즉

흥적으로 일을 처리하게 되었으며, 어떤 일들은 실패하기도 했다. 그러나 한편으로 이런 변화가 과거에 여자와 남자로서의 장점을 사라지게 할 뻔한 자극 없고 마비된 듯한 안정감과 모자관계와 유사한 1차적 친밀감이 다시금 생기지 않게 해주었다.

토마스와 리아는 인생의 새로운 모험을 위해 토마스의 회사에서 건강 관리에 대한 세미나를 개최하였다. 두 사람은 이 세미나를 준비하고 개최하는 과정에서 서로가 가진 창의성을 발견하였고 서로에 대한 새로운 평가를 하게 되었다. 토마스가 예전에 그렇게 전심전력으로 아이를 돌보았다는 것이 이제는 그의 추가적인 장점으로 보이게 되었다. 이제 두 사람은 아들에 대해서도 동등한 관계가 되었고 각자가 아이를 다루는 방식을 인정하게 되었다. 토마스는 덜 자상해졌다. 그는 리아와 훨씬 더 자주 싸우고, 때로는 원래의 목적을 지나칠 정도로 심해지기도 하며, 사소한 일로 근본적인 문제를 들추는 경향도 있다. 그러나 전반적으로 그는 이런 변화를 통해 리아에게는 훨씬 더 매력적인 존재가 되었는데, 왜냐하면 그녀는 그의 모습에서 더 많은 저항과 반발을 체험하기 때문이다.

성관계와 관련해서 리아는 토마스가 있는 자리에서 이렇게 고백했다. "사실 아르민과의 섹스가 훨씬 더 좋았어요." 그러나 위기 전의 상황과 비교할 때 그녀는 만족한다고 했다. 토마스는 이런 부분에서는 언제나 확신이 없었다. 그의 내부에 있는 엄마의 영향 때문에 언제나 정도를 지나치거나 너무 멀리 앞서 가는 것에 대해 의식을 하게 된다. 그러나 그는 예전에 비해 훨씬 자유로워졌고 지금 가능해진 일을 비교해 보면 놀라울 정도이다.

우리가 아직 그다지 분명하게 말할 수 없는 알프의 경우를 제외한 다면 삼각관계라는 위기는 모든 당사자들에게 도움이 되었다. 그들의 자율성, 성관계, 그리고 관계와 관련된 모든 능력과 관련해서 말이다. 이런 사례들이 혹시 오랫동안 지속되는 2인 관계는 삼각관계로 바뀌어야 한다는 결론을 추측하게 한다면, 외도를 통해 지속적인 관계가 경직되는 것을 막을 수 있다는 것인가? 그러니까 열정을 다시 불붙이기 위해서 제3자가 필요하다는 것인가? 그리고 성적인 신의는 결국 에로틱한 사랑의 끝을 의미하는 것인가? 이런 의문들에 대해 나는 다음에 이어지는 숙고를 통해서 하나의 해답을 찾고자 한다.

두터운 재에서
열정의 불꽃을

세 가지 사례 속에서 나타난 삼각관계들은 두 커플에게 수년 동안 쌓여 있던 재 밑에서 다시 불꽃을 피우는 일을 가능하게 했다. 그러나 나는 외도가 그런 결정적인 역할을 한 것이 아니라 커플들이 외도라는 사건을 통해 정해진 코스에서 이탈되고 함께 유지해 온 관계 유형이 방해를 받았기 때문이라고 여긴다. 이런 방해 작용이 엄청난 혼란을 야기했을 것이고 여기에서부터 새로운 인생이 시작될 수 있었을 것이다. 그러므로 불꽃이 사라졌다고 느끼는 커플들에게 무조건 외도가 필요한 것은 아니며, 그러나 아마도 어느 정도의 혼란은 필요하다는 결론이 나올 수 있다. 이러한 적당한 혼란은 우리가 직접 유발할 수 있는 것이기 때문에 나는 경험상 열정의 불꽃

위에 두터운 재의 층을 쌓이게 하는 원인들에 대해 말하고자 한다. 이런 원인들을 통해 나는 열정을 다시 회복시키기 위해서 드라마틱한 삼각관계라는 위기적 사건 없이도 어떻게 "방해" 작용을 일으킬 수 있는지 알려주고자 한다.

낯설음과 매력

서로에게 흥미를 잃은 커플들은 그들의 인생에서 사랑에 빠진 때부터 함께 살기까지 위기의 과정을 잘 견디지 못한 경우가 많다. 그들은 공동성과 연대감을 강조하면서 그들 사이에 약간의 낯설음이 남아 있어야 한다는 점에 대해서는 거의 신경을 쓰지 않는다. 노베르트 비숍에 의하면 이 약간의 낯설음이 부부간의 친밀감을 부모 자식간의 친밀감 — 동물들의 세계에도 있는 — 으로부터 구별해 준다고 한다. 낯설음은 자극이 되고, 너무 많은 (원초적인) 친밀감은 흥미를 가로막는다. 그러다가 아이가 생기고 파트너들이 엄마 혹은 아빠의 역할을 경험하게 되면 이런 경향은 더욱 강해진다.

우리는 테오와 마리아의 경우에서 이러한 과정이 "보수적으로" 변형된 모습을 보았다. 테오와 마리아의 관계에서 여자는 엄마의 역할로 축소되고, 남자는 밖에서 자신의 영웅적인 생활을 계속할 수 있었다. 리아와 토마스는 이와 반대로 진보적인 형태를 대변하고 있다. 두 사람은 가정을 위해 대단히 적극적이고 자신들이 맡고 있는 부모 역할 속에 숨어버린다. 남자와 여자로서 그들이 가진 특징은 가정이라는 공동체 속에서 사라져버릴 위기에 처했다. 또한 이때 과거의 재현이 반복되는 것을 피할 수 없다. 파트너들은 추가적으로 자신의 엄마와 아빠의 특징들을 지니게 되고, 그들과 연관되어 있는 문제들과도 연관된다. 그리하여 파트너들의 관계는 점점 부모 자식 관계의 특징을 지니게 된다. 그러므로 이때 남아 있던 열정의 마지막 부분이 사라지는 것은 놀랄 일이 아니다.

그렇다고 서로에 대한 열정이 사라지는 과정에 주의를 기울이기 위해, 그리고 적당한 시기에 남아 있는 열정을 점검해 보기 위해 무조건 파트너 중 한 사람이 외도를 해야 되는 것은 아니다. 커플 사이에 생기는 부모 자식간의 친밀감은 다른 방법으로도 대처할 수 있다. 곧 두 파트너가 그들의 자율성을 강조하고 발전시킴으로써 가능하다. 좀더 구체적인 과정은 우리의 세 가지 사례들을 통해 충분히 전달되었다고 생각한다. 외도의 충격은 결국 그런 과정으로 가기 위한 동기가 될 뿐이다. 언제나 반복해서 확인할 수 있는 이야기가 있다. 강력한 공중 기류인 자율성이 오랜 시간 동안 지속된 관계에서 재 밑에 덮여 있는 불꽃을 다시 타오르게 할 수 있다는 사실이다.

즐거운 게임을 위한 공간

관계가 지속되면서 열정이 사라지는 또 하나의 이유는 파트너들의 삶이 특히 다양한 나이의 아이들을 돌보아야 하는 시기에 의무, 약속, 일, 성취의 스트레스에 치이게 될 위험에 처해 있다는 점이다.

이런 상황에서 여성들은 대부분 첫번째로 흥미 상실의 반응을 보인다. 여전히 "할 수 있고" "하고 싶은" 남자들은 여자들로부터 거부를 당한다고 불평을 한다. 그러나 조금 더 자세히 들여다보면 여자들이 그럴 흥미를 잃어가고 있음을 알 수 있다.

흔히 남성들은 내적인 긴장감을 해소하기 위해서, 혹은 아이처럼 여성에게서 보살핌을 받기 위해서, 그리고 안정감을 느끼기 위해서 여성에게 섹스를 요구한다. 그러나 대부분 이런 섹스는 남자와 여자 사이의 에로틱한 열정의 즐거운 게임과는 그다지 큰 관계가 없다. 진정한 섹스를 위해서는 관계 안에서 바로 시간과 공간이 필요하다. 만약 파트너들의 삶에 기쁨, 즐거움, 여유, 그리고 평온함을 위한 자리가 없다면 성적인 체험도 시간이 흐르면서 시시해지게 된다. 그렇게 되면 테오나 마리아처럼 파트너 중 한 사람이 외부에서 사랑을 찾으려고 한다. 외도를 하는 파트너는 열정이 회복될 수 있고 진부함이 차단된 비밀스러운 공간을 밖에서 찾는 것이다.

여기서 중요한 것은 사람 혹은 애인의 성격이나 능력이 아니라, 일상생활과 분리된 공간의 존재이다. 삶이 오직 일과 의무로 채워진 파트너들은 이런 공간을 마련하는 일을 놓치고 있다. 사실은 파트너 중 한 사람이 게임을 위한 흥미를 외부에서 다시 발견할 때까지 기다릴 필요가 없다. 우리는 그 전에 커플 관계 안에서 그런 둘만의 섬과 외부와 차단된 공간들을 마련할 수 있다. 가장 넓은 의미에서 흥미와 여유가 아직 남아 있는 그런 공간을 말이다. 바로 이런 공간에서는 게임이란 것이 다시 제자리를 찾을 수 있을 것이고, 친밀한 대화, 여유와 느긋함 - 서로 책을 읽어주는 것에서 함께 여유를 만끽하는 것까지 - 을 즐길 수 있다. 혹은 파트너들은 육체를 이용한 즐거운 교감을 위해 시간을 낼 수도 있을 것이고 목욕이나 마사지 혹은 힘들지 않은 체조 - 조깅에서 댄스까지 - 등도 함께 즐길 수 있을 것이다.

남성들이 신체 단련을 위해 여러 가지를 하고 있다고 말한다면 그것은 전혀 다른 것을 의미하는 것이다. 그들이 달리기를 한다면 그것은 고통으로 일그러진 얼굴로 조깅을 하면서 여기저기를 사냥 다니는 것을 의미하며, 그들이 춤을 춘다면 그것은 오로지 은메달 혹은 금메달을 위해 노력하고 있다는 의미이다. 이와 마찬가지로 그들은 실적 위주, 능력 위주로 섹스를 한다. 때때로 그들은 아내가 아닌 애인의 품에 안겨서야 비로소 인생에는 또다른 측면이 있다는 것을 깨닫게 되곤 한다. 테오의 경우에서처럼 말이다. 감각적인 것과 육체적인 것, 목적과 상관없는 행위와 여유로운 생활이 확고한 자리를 찾는 인생으로의 변화는 바로 지속적인 관계에서 열정과 흥미를 찾기 위한 좋은 기반이 될 것이다.

섹스와 용서

사랑과 열정은 때때로 관계가 오래 지속되면 너무 많은 것들이 숨겨지고 감춰지면서 사라지기도 한다. 파트너들이 가지고 있는 많은 상처들은 쉽게 치유되지 않는데, 흔히 상대방으로부터 받은 상처 중에는 무심함으로 생긴 것들도 있다. 이런 상처들은 흔히 이미 결혼식 전후로 생기기도 한다. 시부모와 연관해서, 그리고 더욱 안 좋은 경우지만 아이가 태어나면서부터 생기기도 한다. 당황함과 미숙함 때문에 한 사람이 상대방을 어려운 상황에 혼자 있게 놔두고, 이해심을 보이지도 않고, 불가능한 것을 요구할 때 상대방은 상처를 입는다. 그러나 상처를 받은 사람은 좋은 분위기를 망치고 싶지 않고 상대방을 화나게 할까봐 참고 넘긴다. 때문에 상처들은 드러나지 않고 보이지 않는 곳에 숨게 된다. 하지만 이런 상처들은 보이지 않을 뿐 붕대 안에서 썩어들어 가기 시작해 나중에 하나씩 문제가 밖으로 드러나면서 사랑을 망치고 열정을 마비시킨다.

흥미를 잃은 커플들은 이처럼 해로운 붕대를 다시 한 번 찢어내는 고통스러운 길을 가야만 하는 경우가 자주 있다. 상처를 올바른 방법으로 다시 치료하기 위해서는 꼭 필요한 일이다. 다시 말하면 오늘날까지도 영향을 미치고 있는 상처들은 테오와 마리아가 했던 것처럼 모두 다시 꺼내어 이야기해야만 한다. 그렇게 하면 때로는 사랑이 상처를 극복할 수 없고 헤어짐을 피할 수 없다는 것이 분명해질 수도 있다. 그러나 그런 과정을 통해 두 사람에게 주었던 고통이 그들의 마음을 새로이 움직이게 하고 서로를 용서하고 그 다음에는 에로틱한 사랑을 다시 일깨우는 경우도 자주 있다. 단 이런 경우에라도 그들의 열정을 질식시켰던 것들에서 벗어나기 위해서는 작고 사소한 모든 상처들까지 "배신을 한 사람"의 큰 상처에 덧붙여 확대시킬 필요는 없다.

새로운 가능성

많은 커플들이 가사와 육아 위주의 시기가 지난 뒤에는 흥미와 열정과 관련해서 몇 가지 특별한 문제들을 더 맞닥뜨리게 된다. 시기적으로 이제는 아이들이 부모의 도움을 더 이상 많이 필요로 하지 않고 직업적인 성공은 대부분의 사람들에게 충분히 이루어졌다. 이때가 바로 나이라는 것이 모든 크고 작은 질병의 형태로 신호를 보내오는 인생 중반의 시기이다. "그것이 삶의 전부란 말인가?"라는 유명한 질문에 이제 더 이상 시달리지 않는다. 나름대로 여유가 생겼다. 한편으로는 다시 섹스를 위한 시간과 공간이 많이 생길 것이다. 그러나 여자는 자신의 피부에 늘어난 주름과 흐트러진 체형을, 갱년기의 시작을 알리는 첫번째 징후를 확인하게 될 것이다. 이런 신체적 변화가 그나마 뚜렷하지 못했던 그들의 여성적인 자의식에 치명적인 충격을 주게 된다. 여자는 이제 남편만은 아직도 자신을 탐낼 만한 여자로 여긴다는 사실에 의존한다.

그러나 남편 스스로도 받아들이고 싶지 않지만 피할 수 없는 갱년기를 겪고 있다. 통계에 의하면 남성의 발기 능력은 일반적으로 인생의 후반기에 감소하기 시작한다고 한다. 그가 여자에게 그다지 관심이 없다는 사실을 여자는 자신의 매력이 줄어들었기 때문이라고 단정한다. 그녀는 자신의 매력을 우리 사회의 젊은이들의 잣대로 판단해 버린다. 또한 남자는 능력의 감소라는 문제가 여자에게 달려 있으며 자신의 힘이 줄어들었기 때문이 아니라고 믿고 싶어한다. 애인에게 향하는 것도 그에게 이런 것을 증명할 수 있는 가능성을 준다. 왜 나하면 그는 애인과는 "할 수 있고", 어쩌면 심지어 전혀 해보지 않았던 강도로도 가능하기 때문이다. 그러나 그는 이런 일이 단지 일시적으로 새로움과 젊음에 대한 매력 때문이라는 것을 모르고 있다.

새로운 경험에도 불구하고 그는 끊임없이 나이가 들어가고 성적 능력도 저하될 것이다. 그리고 어쩌면 그를 다시 한 번 힘나게 했던 것은 바로 이런 멈출 수 없는 과정에 대한 두려움이었는지도 모른다. 마치 불치의 병을 앓는 사람이 성적인 힘을 한번 강렬하게 발휘하고, 숲속의 나무들이 생명을 다하기 직전에 수많은 새 봉우리를 피우듯이 말이다. 한편으로는 남성들이 느끼는 성적 능력의 감소와 거기에 대한 두려움, 그리고 다른 한편으로는 여성들이 자신의 눈으로 확인하는 저물어 가는 아름다움이 나이가 든 커플들의 열정을 사라지게 한다.

그러나 인생 중반의 이러한 변화도 커다란 기회가 될 수 있다. 왜 나하면 — 통계자료가 우리에게 보여주듯이 — 여성의 성적인 체험 능력은 갱년기가 되었다고 해서 줄어드는 것이 아니기 때문이다. 대부분 이런 능력은 높은 수준에 그대로 머물러 있고 어떤 경우에든 일정한 시간이 흐르면 다시 회복된다고 한다. 그리고 남성의 성적 능력의 감소라는 것도 남성이 이제 더 이상 성생활을 할 수 없다는 것이 아니라 단지 무엇보다도 시간의 지연을 의미한다는 것이다. 그러나 사실은 이런 이야기도 여성들의 특정한 체험과 다른 경우도 많이 있다. 그래서 이런 변화가 오히려 친밀감을 새롭게 살아나게 만들기도 하고, 때로는 외부적인 환경도 예전보다 훨씬 더 유리해지기도 했다. 곧 아이들도 더 이상 예측 불허의 방해 요소가 아니며 — 여성의 갱년기 후에는 — 임신에 대해 걱정할 필요도 없다. 걱정 없는 섹스를 위한 새로운 시기가 열릴 수 있다. 단 두 가지 전제조건 하에서 말이다. 곧 두 사람이 먼저 그들의 두려움과 걱정에 대해, 예를 들면 여자로서 더 이상 매력적이지 않을 것에 대한 두려움과 남자로서 성적으로 더 이상 그렇게 당당하게 예전처럼 기능을 다할 수 없을지도 모른다는 두려움 등에 대해 솔직하게 대화를 나누어야 한다. 두번째로는 두 사람이 성적인 접촉의 새로운 가능성을 함께 실험해 보고 게임 삼아 해볼 준비가 되어 있어야 한다. 우리는 새로운 상황에 적응하기 위해서는 새로운 것을 시험해 보아야 한다. 이때 나타날 수 있는 방어벽과 망설임은 아직 남아 있는 섹스와 감각에 대한 적대감을 파악하고 이를 제거할 좋은 동기가 될 것이다.

그러므로 열정이란 지속적인 관계가 진행되면서 결코 커플의 삶에서 필연적으로 사라져야 하는 것이 아니며, 두 사람 중 최소한 한 사람이라도 열정을 회복해야 된다는 이유로 외도로 인한 삼각관계가 반드시 필요한 것도 아니다. 만약 열정이 줄어들었거나 사라졌다고 해도 그것이 단지 긴 시간과 익숙해짐 때문만은 결코 아니다. 여기에는 언제나 한 가지 혹은 그 이상의 적절한 이유가 있다. 그런 이유들에 대해 관심을 갖는 것은 가치 있는 일이다. 테오와 마리아는

50세가 넘는 커플이라도 섹스에서 새로운 활기를 찾을 수 있다는 것을 보여주는 좋은 예이다.

파트너들의 흥미가 시간이 흐르면서 실제로 감소한다고 해도 이것이 파트너 중 한 사람이 외도를 해야 하는 필연적인 이유가 될 수는 없다. 나는 인생에서 섹스 외에도 강렬하게 빠질 수 있는 다른 원천들을 가지고 있는 커플들을 많이 알고 있다. 그들은 사회적 · 정치적 · 음악적인 참여를 요구하는 과제들, 그리고 내면적으로 감동을 느끼게 하고 자기 자신의 삶을 충만하게 하는 그런 과제들을 찾아낸 사람들이다. 실제로 이런 관계에서는 섹스가 큰 역할을 하지 않을 수도 있다. 또한 그럼에도 불구하고 아무도 다른 곳으로 눈을 돌리고 싶은 욕구가 생기지 않으며 아무도 자신들이 열정적인 사람이 아니라고 말하지 않는다. 단지 그들은 자신의 열정을 다른 목적에 우선적으로 주었을 뿐이다. 내가 보기에 오늘날 성적인 행위의 빈도와 강도를 강조하는 경향은 그저 다른 형식의 감각 충족을 위한 방법으로 보일 뿐이다.

날개를 펴고
힘차게 날아가기

나는 이 책에서 반복해서, 특히 4장에서 남녀 관계에서 성장 가정의 경험이 어떻게 반복되고, 끊어지지 않은 부모와의 결속감이 어떻게 반복되는지 자세히 설명하였다. 이런 결론에 의하면 성인이 된 파트너들은 그 당시에 해내지 못한 독립을 늦게나마 해내기 위해 흔히 서로에게 거리를 두어야 하거나 심지어 헤어져야 한다. 이런 배경에서 보면 커플의 신의에 대한 생각은 진정으로 문제가 있는 것처럼 보이지 않는가? 혹시 커플의 신의에 대한 강박관념이 커플 파트너들을 과거 의존적인 관계 속에 머물게 하거나 혹은 거기에서 빠져나오지 못하게 하는 것은 아닌가? 우리의 사례들에서도 그러한 결속감을 끊기 위해서 바로 배신이란 것이 필요하지 않았던가? 그렇다면 자기 발전과 자율성에 대한 두려운 포기와는 다른 의미의 신의란 것이 존재하는가?

커플 사이의 신의를 논하는 것은 오늘날 좋은 동기라고 해도 유행에 맞는 일은 아니다. 사람들은 그 안에서 금욕, 지나친 도덕적 노력, 혹은 청교도적인 쾌락에 대한 적대감 등의 말을 떠올린다. 그리고 우리가 과거부터 신의 있는 커플에 대해 그려온 그림들은 대부분 특별히 환영받는 모범적 모델이 아니다. 과거 세대의 많은 사람들이, 특히 여성들이 신의를 위해 스스로를 희생했고 자신의 인생을 포기했다. 오늘날 흔히 쓰이는 자기 실현이라는 말은 이런 덕목과 공통점이 없는 것처럼 보인다. 그렇다면 신의와 자기 실현이란 서로 반대가 되는 것인가?

여기에 대한 대답을 찾기 위해 끝으로 발전심리학적인 고찰을 덧붙여보려고 한다. 흔히 말하기를 조금씩 조금씩 부모와의 "1차적인 친밀감"에서 벗어나는 것이 어린이와 청소년들의 과제라고 한다. 단지 그렇게 되어야만 젊은이가 되었을 때 세상에서 자신의 자리를 차지할 수 있다. 이런 연관성 속에서 자기 실현은 분명히 경계선 긋기와 해방과 관계가 있다. 여기서 중요한 것은 부모와의 결속감으로부터 자유로워지는 것이다. 또래의 친구들, 선생님, 코치와 이와 비슷한 사람들, 그리고 특히 첫사랑의 파트너와의 관계가 이런 시도의 대상이 된다. 이런 관계들은 한편으로는 "시험용 관계"이고, 다른 한편으로는 부모와의 결속감을 느슨하게 하는 평형추로서 이용된다.

청소년들의 자아는 다른 사람의 자아를 처음에는 주로 자신에게 결부시키고, 이를 자기 자신의 성장을 위해 사용한다. 물론 이것은 성숙한 사랑이 아니다. 그러나 여기서는 얼마든지 적절한 사랑이라고 할 수 있다. 왜냐하면 이 시기에는 강하고, 배타적이고, 자율적인 자아의 형성이 이루어지기 때문이다. 그런 자아의 형성을 미리 예측할 수 있는 시기는 어린이와 어른의 중간 시기인 사춘기이다. 그러나 우리는 오늘날 여기서 다 열거할 수 없는 다양한 외부적 요인과 내적인 요인들 때문에 이런 사춘기의 시기가 점점 더 늘어나고 성인의 나이로 들어서는 일이 외형적·심리적으로 점점 더 늦어지고 있다. 우선 교육을 받는 기간이 길어지고 있고, 부모로부터의 정신적인 독립이 점점 더 어려워지고 있다.

그러므로 독립의 과정은 성인이 되어서 맺은 첫번째 관계로 자꾸 옮겨진다. 나는 커플 상담을 통해 성인인 파트너들이 그들의 관계 행동에 있어서 청소년의 단계를 극복하지 못하고 이런 독립의 과정을 해결하기 위해 서로를 엄마 혹은 아빠를 대변하는 대상으로 이용한다는 사실을 발견할 수 있었다. 우리는 함께 지켜본 커플들 중에 마마보이와 파파걸들에게서 그런 전형적인 예들을 보았다. 그러나 이때 한 사람이 다른 사람을 이용한다는 점은 제외하고라도 그 후에 자기 실현이 성공하지 못하는 경우가 자주 있다. 왜냐하면 아직 끊어지지 않은 결속감이 새로운 관계에서 새로운 변형으로 반복되기 때문이다. 그럼에도 불구하고 우리의 사례들이 보여주었고 현재도 보여주고 있는 사실은 외도라는 사건도 부모에 대한 심리적인 의존성을 실제로 끊어주고 자기만의 위치를 얻게 할 수 있다는 것이다.

사람들은 외도라는 위기의 과정을 통해 단지 엄마나 아빠와의 개인적인 결속감으로부터만 벗어나는 것이 아니라 그들이 전반적으로 과거에 가졌던 가치, 규범, 인생관, 그리고 그들의 유아기의 세계로부터 벗어나게 된다. 그러므로 마마보이와 파파걸로 머무는 발전의 단계에서는 신의에 대한 요구와 자기 실현에 대한 요구 사이에 실제로 해결될 수 없는 모순이 생길 수 있다. 예를 들어서 리아나 도로테아가 일을 벌이지 않았다면 거의 확실히 그들은 소위 부모 자식간의 관계 속에서 남편과 점점 더 희망이 없는 상태로 치달았을 것이다.

그렇다고 모든 발전의 단계가 다 그런 것은 아니다. 다시 말하면 자기 실현이란 모든 인생의 단계에서 다 똑같은 것이 아니라는 말이다. 만약 자기 실현이라는 개념이 자신의 의사를 있는 그대로 표현해도 되는 것을 의미한다면 이것은 유아기의 자기 실현을 의미하는 것이다. 유아기의 자기 실현이란 아이가 아이다워야 하는 것을 뜻하며 여기에는 결속감과 안정감도 포함된다. 이 두 가지는 아이들이 세상을 정복하고 다시 돌아갈 수 있는 안전한 기반이다. 소년기의 자기 실현이란 전혀 다른 어떤 것을 말한다. 여기서는 부모와의 결속감에서 벗어나는 것이 문제가 된다. 그리고 자유를 원하게 되고 먼 곳으로 가고 싶다.

그러면 성인기의 자기 실현이란 어떤 것인가? 여기서는 자기 실현을 위해 전혀 새로운 것이 우선시된다. 이제는 더 이상 유아기 때처럼 결속감이 문제가 아니며, 청소년기처럼 해방이나 독립이 문제가 아니다. 여기서는 전혀 새로운 요소가 등장하는데, 곧 각자가 다른 한 성인과 의지를 가지고 의식적으로 노력하는 관계를 만드는 일이다. 이런 관계는 우리가 시험삼아 해보는 수천 개의 가능성 중 하나가 아니라 우리가 실현하고 싶은 단 하나의 가능한 관계를 말한다. 이제는 날개를 펴고 멀리 날아가는 것, 그곳을 향해 동경을 갖는 것만이 중요한 것이 아니라 깊게 뿌리를 내리고 잘 정착하는 일도 중요하다.

자기 실현이라는 것을 오직 독립, 자율성, 그리고 자유와 동일시하는 것은 너무 짧은 생각이 될 것이다. 성인이 된 사람에게는 또다른 극점으로서 능동적이고 스스로 원하는 관계를 만드는 일이 더 추가된다. 그러나 아마도 성인에게도 결속감이 남아 있을 것이고, 경계하기와 해방의 시도도 계속 일어날 것이다. 유아기와 소년기는 그저 단순히 사라져버리는 것이 아니라 나무에도 예전의 나이테가 남아 있는 것처럼 계속해서 우리 안에 존재하고 살아 있기 때문이다. 그러나 만약 지속적인 관계가 단계별로 발전하지 못한다면 우리는 정신적으로 청소년기의 단계에 정체되어 있는 것이다.

성인이 맺는 관계는 원하는 대로 자유롭게 결정을 내린다는 점에서 유아의 결속감과는 구별된다. 곧 성인이 맺는 관계는 지나온 발전 단계에서 얻은 자유와 자율성을 받아들인다는 뜻이다. 이런 종류의 관계는 자율성과 완전히 반대되는 개념이 아니다. 즉 성인들의 관계는 더 이상 이것 아니면 저것을 선택하는 상황이 아니라 이것도 그리고 저것도 선택하는 상황이 되었다는 말이다. 이 두 가지 극점 사이에 인생의 균형을 유지시키는 성숙함이 존재한다.

성숙한 관계와 연관해서는 신의에 대한 요구가 다른 모습을 갖게 된다. 이 단계에서 신의는 자기 실현을 눈에 보이게 하는 하나의 가능성, 혹은 심지어 요구 사항이 된다. 성인의 관계는 다른 사람의 자아를 더 이상 자신의 자아와 결부시키지 않는다. 오히려 그 반대이다. 성인의 관계는 나의 자아를 다른 사람의 자아에게로 향하게 한다. 우리는 이 말을 다르게 표현할 수도 있을 것이다. 성인의 관계는 몰두 내지는 헌신과 관련이 있다고 말이다. 자신의 인생에서 누군가에게 혹은 무엇인가에 어떤 형태로든지 몰두한 경험이 있는 사람은 그 안에서 자기 실현이 완성된다는 것을 알고 있다. 이때 꼭 필요한 전제조건인 자율성이란 것이 갖춰져 있다면 우리는 몰두와 헌신 속에서 우리 자신을 가장 강렬하게 실현할 수 있다.

신의란 우리가 관계에서 몰두와 헌신의 방향을 상대방에게 돌리는 것을 의미한다. 이 말은 포기와 억제의 분위기가 느껴지는데, 신의란 이런 것들도 의미하되, 오로지 그런 것만을 의미하는 것은 아니다. 여기에는 자아의 한계를 극복할 수 있는 기회도 포함되어 있다. 우리가 애정 관계에서 반복해서 경험하는 것은 상대방을 진정한 모습 그대로 바라보는 것이 아니라 나와 관련된 이상형이나 안 좋은 인상과 결부시켜 바라본다는 사실이다. 사랑이 미성숙할수록 다른 사람에게 자신의 모습을 더 많이 투영한다. 여러 개의 관계가 동등한 서열로 나란히 존재하는 경우에는 하나가 다른 하나를 비교하고 자기 자신을 자꾸 다른 사람에게 투영하려는 위험이 존재한다. 이와 반대로 단 한 사람에 대한 신의는 나의 자아를 진정으로 포기하고 헌신을 배워야 하는 커다란 도전이다. 왜냐하면 다른 사람과의 지속적인 연관성은 다른 사람에게 나를 투영하는 일을 어렵게 만들기 때문이다.

신의란 것이 의미하는 대로 한 사람과 지속적인 대면을 하면서 비로소 나의 희망적인 투영과 부정적 투영이 그 사람으로부터 벗어날 수 있고 나는 그를 진정으로 다른 한 사람으로 바라볼 수 있게 된다. 다시 말하면 내가 한 사람과의 관계 속에서 오래 머무를수록(내가 이때 그 사람과 활발히 논쟁을 한다는 전제하에서), 얼마나 내가 그를 나의 이상과 생각대로 만들려고 했고 그가 이런 나의 환상에 얼마나 부합하지 않는지, 곧 얼마나 다른지가 뚜렷하게 드러난다.

또한 관계가 오래 지속될수록 그 동안 그의 곁에서 나의 어두운 과거와 싸우기 위해 내가 얼마나 많은 부분을 그의 탓으로 돌렸는지를 발견하게 된다. 나의 어두운 그림자를 내 것으로 받아들이고 직접 그런 문제들과 부딪치지 못하고 말이다. 성숙한 관계에서의 신의란 이처럼 다른 사람의 자아가 나로부터 더 많이 자유로워지고, 나를 다른 사람에게 더 열고, 이런 과정에서 헌신의 움직임으로 다른 사람에게 다가가는 도전으로 이해될 수 있다.

신의란 결코 외부에 의한 도덕적인 규범으로서 존재할 수는 없다. 도덕적인 규범이라는 이유로 신의를 지키는 것은 유아적 결속감의 표시이며, 파트너가 외도를 하는 경우에는 이런 얽매임 때문에 미성숙한 방식으로 반응을 보이게 될 것이다. 그러나 진심 어린 욕구에서부터 진정한 관계가 이루어진다면 그런 관계 안에서의 신의는 우리의 삶을 소중한 행복으로 채워줄 것이며, 날개를 펴고 힘차게 날아올라 안전하게 정착할 수 있다면 우리의 인생은 행복과 사랑으로 더없이 충만하고 풍요로워지리라.

자, 이제 날아오를 준비가 되었는가.

옮긴이의 말

시대가 정말 많이 변했다. 얼마전 화제 속에 방영되었던 한 텔레비전 드라마를 굳이 거론하지 않아도 이제 외도는 더 이상 비밀스런 소재도 아니고 더 이상 남자만의 전유물도 아닌 것 같다. 텔레비전, 라디오, 인터넷, 잡지, 책…… 조금만 고개를 돌리면 무수히 귀에 꽂히고 눈에 들어오는 흔한 소재가 되어버린 지금, 이러한 변화는 새삼스럽지도 않으며, 굳이 통계 자료를 제시할 필요도 없는 듯하다.

외도가 그렇게 흔한 일이 되어버렸다면, 그래서 외도로 인해 벌어지는 삼각관계와 문제들로 많은 커플들이 힘겨워하고 있다면, 이제는 좀더 다양한 사고와 전문적인 도움이 필요해진 시점이 아닌가 생각된다. 그런 측면에서 이 책은 아주 적절한 도움을 줄 수 있다.

이 책은 어떤 센세이션을 의도하는 것도 아니고, 외도를 조장하려는 것 또한 더욱 아니다. 저자가 이 책을 통해 원하는 것이 있다면, 결국 그것은 외도로 인해 겪는 위기적인 상황을 보다 현명하고 지혜롭게 판단하고 극복하는 일일 것이다. 그리고 이런 위기를 각자의 성장과 발전의 기회로 삼음으로써 인생의 어려운 한 시기를 절망에 빠지지 않고 더욱 발전적으로 자신을 성숙시키는 일일 것이다.

저자의 이야기를 따라가다 보면 파트너의 과거와 현재와 미래에 대해 너무 모르는 것이 많았음을 절감하게 된다. 당연히, 내 자신에 대해서조차도 너무도 무지했음을 고백하지 않을 수 없다. 나를 제대로 알고 표현하고 알리는 것, 그리고 파트너를 있는 그대로 받아들이고 이해하는 것,

이런 가장 기본적이면서도 소중한 것들을 미뤄놓은 채 우리는 단순히 시대의 흐름에 편승하고 있는 것은 아닐까.

세 커플의 사례를 이용한 저자의 실감나는 설명과 분석을 진지하게 따라왔고 많은 부분을 공감했지만 번역 작업을 끝내면서 내 마음 속에는 책의 마지막 구절이 가장 인상 깊게 남는다.

"신의란 결코 외부에 의한 도덕적인 규범으로서 존재할 수 없다. 그러나 진심 어린 욕구에서부터 진정한 관계가 이루어진다면 그런 관계 안에서의 신의는 우리의 삶을 소중한 행복으로 채워줄 것이며, 날개를 펴고 힘차게 날아올라 안전하게 정착할 수 있다면 우리의 인생은 행복과 사랑으로 더없이 충만하고 풍요로워지리라."

그것은 아마도 외도와 상관없이 서로 사랑하는 모든 커플들의 소망이 바로 그러하기 때문일 것이다. 남자의 외도, 그리고 여자의 외도는 살면서 누구에게나 있을 수 있는 일반적인 일들이 되어버린 이 시대. 그러나 지키기 어렵고 얻기 어려운 것이 더욱 귀해지듯 이제는 힘겨운 도전이 되어버린 "신의"가 그래서 더욱 우리에게 소중해지는 것이 아닐까.

많은 위기의 커플들에게 이 책이 희망의 메신저가 되어주고, 그래서 행복과 신뢰를 나누는 커플들이 좀더 많아지기를 바라는 마음이다.

2003년 11월
신혜원